CW81371467

LA PATIENCE DES BUFFLES SOUS LA PLUIE

Ancien journaliste, David Thomas se consacre aujourd'hui à l'écriture. Il est l'auteur de plusieurs pièces de théâtre et d'un recueil de nouvelles, *La Patience des buffles sous la pluie*, qui a reçu le prix de la Découverte 2009 de la Fondation prince Pierre de Monaco. Il a également publié *Un silence de clairière* et *Je n'ai pas fini de regarder le monde* aux éditions Albin Michel.

DAVID THOMAS

*La Patience des buffles
sous la pluie*

PRÉFACE DE JEAN-PAUL DUBOIS

LE LIVRE DE POCHE

Couverture : © Roine Magnusson/Getty Images
© Librairie Générale Française, 2011.
ISBN : 978-2-253-12948-6 – 1ʳᵉ publication LGF

Préface

Vous ne le savez peut-être pas, mais vous avez sans doute déjà été un vingtième. Le vingtième, c'est ce type banal auquel tout le monde ressemble, mais qui se voit pourtant comme un être unique, vaguement chanceux, et probablement heureux. En fait, si l'on y regarde de plus près, le vingtième amant d'une femme n'est autre que cet homme indistinct au visage un peu flou qui vient tout simplement combler un vide, s'intercaler entre le dix-neuvième et le vingt et unième. L'existence peut parfois se réduire à l'insignifiance de ces petites destinées arithmétiques. Ou à l'empressement maladroit d'un type à enlever ses vêtements. Alors elle le regarde, distraitement, se déshabiller. Il pense que la vie lui sourit. Elle se dit qu'il n'est pas mal et que c'est déjà le vingtième. Et machinalement elle ne peut s'empêcher de songer au suivant : « Le vingt et un, je sais déjà qui c'est. Il est pas terrible, mais pour un vingt et un, ça passera. »

Quand vous lisez cela, vous comprenez tout de suite qu'il va se produire quelque chose, que vous ne venez pas juste de commencer un autre livre, mais que, cette fois, vous allez bel et bien entrer dans les communs de l'humanité, découvrir les replis des corps et des esprits, ces endroits embarrassants que l'on fait rarement visiter. L'homme y est souvent inégal, mesquin, plus petit que lui-même, l'espèce s'y révèle décevante, médiocre, et pourtant, à l'intérieur de ce monde modeste, on se sent bien, réconforté, rassuré, terriblement chez soi. Je dirais que *La Patience des buffles sous la pluie* fait partie de ces livres à la fois formidablement simples et sobrement raffinés qui nous rendent intelligibles à nous-mêmes, qui nous rattachent les uns aux autres, nous donnent envie de tenir debout et de nous ancrer encore plus profondément dans cette étrange activité suicidaire qu'est la vie.

Et tout cela est écrit avec une infinie légèreté, une grande précision, si bien qu'au fil des histoires, les images prégnantes de ces destins désaxés, de ces sentiments écorchés, apparaissent sous nos yeux avec cette douceur réaliste caractéristique des Polaroid.

C'est la deuxième fois en trente années de lecture qu'un livre me fait cet effet. Au premier auteur — il écrivait des choses magnifiques et c'est à peine s'il débutait — j'avais promis un avenir radieux, la certitude de l'estime, la garantie du succès. Il ne récolta jamais qu'une molle indifférence et un pâle dédain. Il m'écrivit alors quelques lettres espacées, m'annonça qu'il avait rencontré une sportive professionnelle et disparut à jamais dans une île lointaine.

Ce serait vraiment formidable si vous pouviez éviter qu'une telle histoire se reproduise. Non que je rechigne à l'idée d'un bonheur musculeux, tropical, et transpirant pour David Thomas, mais je voudrais, pour une fois, que vous lui prouviez que j'avais raison le matin où, après avoir lu d'une traite ses soixante-dix nouvelles, je lui ai affirmé au téléphone qu'un livre de cette trempe, si robuste, dense, charpenté et fortifiant, allait s'installer durablement parmi nous. Que cela ne faisait pour moi aucun doute. Qu'il y avait sa place. Qu'il lui suffisait d'être patient. Un peu comme un buffle sous la pluie.

Jean-Paul DUBOIS.

Qui mène la danse

Je me demande parfois ce que je serais devenu si j'avais vécu d'autres choses que celles que j'ai vécues jusqu'à aujourd'hui.

Où en serais-je si je n'avais pas entrepris ce long voyage au Laos à vingt ans. Verrais-je la vie de la même façon si j'avais été luthier plutôt que cadre et habité un autre quartier ou une autre ville qu'ici ? Aurais-je le même jugement si je n'avais pas eu d'enfants, si je n'avais pas aimé cette femme et si nous avions divorcé ?

Serais-je le même homme si je n'avais pas passé deux jours avec ce Navajo, si je n'avais pas vu ce jongleur danser torse nu dans un cirque ou entendu cette *saeta* accueillir une Vierge de bois par une nuit de pleine lune dans le quartier juif de Séville ?

Si je n'avais pas ressenti ce délicieux malaise en lisant mes premières pages d'Henry Miller, si cette gamine ne m'avait pas annoncé qu'avant de prendre le train elle venait de tuer sa mère à bout portant avec un .44 Magnum ? Serais-je un autre si j'éprouvais pour une sculpture de Praxitèle la même émotion que pour la petite Jeanne de France de Blaise Cendrars, et, pour les hommes, la même phobie que pour les rats ?

Il peut paraître vain de s'interroger sur de telles considérations, je connais beaucoup de gens qui balayeraient ce genre de questions d'un revers de manche. Je ne peux m'empêcher de penser régulièrement à cela. Quels bonheurs m'ont glissé entre les doigts, quels drames ai-je effleurés sans prendre conscience des conséquences qu'ils auraient pu avoir ? Pourtant, jamais je ne tente d'imaginer, de visualiser, ce que j'aurais pu devenir, je ne tiens pas à assumer d'autres vies que celle qui m'est bien réelle.

Je me demande souvent ce que je serais devenu si ma vie ne s'était pas meublée de toutes ces petites choses auxquelles je me suis attaché et de toutes celles que j'ai négligées. Je me demande souvent qui mène la danse. Si c'est ma vie qui fait de moi ce que je suis ou si c'est moi qui fait de ma vie ce qu'elle est.

Perdu

J'ai perdu ma femme parce que j'ai perdu ma libido. J'ai perdu ma maison parce qu'elle était au nom de ma femme et qu'elle m'a foutu dehors. J'ai perdu dix ans de ma vie parce que j'aurais jamais dû épouser cette salope. J'ai perdu mon boulot parce que j'ai perdu ma femme et ma maison et que je devenais complètement chèvre. J'ai perdu ma voiture parce que j'ai perdu mon boulot et que j'avais besoin d'argent. J'ai perdu mes papiers parce que j'ai pris une énorme cuite et que je ne sais plus ce que j'ai fait. Et j'ai perdu les derniers billets qui me restaient parce que j'ai joué au PMU. J'ai misé sur un outsider, *Où va-t-il* il s'appelait, il était à vingt-sept contre un, j'aurais pu me refaire et repartir du bon pied, mais bon, il a perdu, ce con.

Slip

Tu sais quoi ? Je crois qu'il va falloir inventer une façon plus sexy de mettre son slip. Parce que de te voir tous les matins plié en deux, les bras qui pendouillent et les jambes qui visent le trou, franchement, ça va pas. Ça colle pas avec ton image d'homme élégant. Ça casse quelque chose. Alors, je sais pas, débrouille-toi comme tu veux, mais trouve une autre façon d'enfiler ton slip.

Cheyenne

Louise ? Mouais… Marine ? Oh non ! Tout ce qui est en *ine*, c'est non. Lola ? Non ! Marie ? Ouais… pourquoi pas ? Hélène ? Hmm… Cheyenne ! Voilà, ça c'est un joli nom. Cheyenne ! Cheyenne, en plus, ça sonne bien.

Ma femme a pris sa petite tête de chat concentré et elle a dit oui, effectivement, c'est pas mal, Cheyenne. Je me suis mis à penser à ce que pourrait ressembler ma fille dans vingt ans. J'ai regardé ma femme, puis moi, puis ma femme et j'ai commencé à me demander si c'était pas une fausse bonne idée de l'appeler Cheyenne. Le truc, avec un prénom pareil, c'est qu'on n'avait pas droit à l'erreur : quand on s'appelle Cheyenne il faut être une fille sublime. Et à nous voir ma femme et moi, je n'étais pas convaincu qu'avec nos gènes et nos cellules et tout le toutim nous pouvions faire une fille sublime. Parce que s'appeler Cheyenne et ressembler à un lion de mer, c'est pas possible. Or ma femme, elle ne ressemble pas à un lion de mer, mais pas loin. On dit ronde quand on est poli, mais dans sa tête on dit grosse… Moi j'aime ça, pas que ça me gêne qu'elle soit potelée, je préfère, mais ma femme, elle s'appelle pas Cheyenne, elle s'appelle Laurence, donc ça passe. Alors j'ai dit à Laurence, en fait, je suis pas sûr. Elle m'a répondu moi non plus, c'est bien mais je sais pas, notre fille ça lui ira pas, de s'appeler Cheyenne. On a donné à manger au chien et on s'est couchés. On a encore le temps pour le prénom. Et puis ça m'étonnerait qu'on fasse un enfant, tous les deux.

Ses ex

On venait de finir de faire l'amour et je ne me souviens plus comment elle en est arrivée à me parler de ses ex. Moi, je n'avais rien demandé, je trouvais ça bizarre, qu'elle évoque les hommes avec qui elle avait été. Le dernier en date, il était habillé pour l'hiver. Un mou, une vraie limace elle m'a dit. Celui d'avant, pareil, il fumait des joints toute la journée et elle l'a foutu dehors parce qu'elle ne supportait plus l'odeur du pétard, ou le type, ou les deux. Le précédent, c'était un peintre. Elle ne parlait pas de ses toiles, mais de ses « croûtes » en précisant qu'il n'avait jamais rien vendu. L'art, c'était pas du tout son truc à elle, tout ce qu'elle constatait, c'est que ça ne rapportait rien. Elle l'a quitté aussi. Avant, elle vivait avec une espèce de bellâtre qu'elle avait rencontré dans une pièce de théâtre. Elle m'a dit qu'il était complètement nul, qu'il jouait comme un pied et qu'il ne ferait jamais de carrière. Encore avant, c'était un DJ qu'elle considérait comme un tocard parce qu'il n'avait pas été foutu de faire un tube. Elle me racontait tout ça en cachant ses seins. Elle les trouvait moches. Pas moi. C'est vrai qu'ils n'étaient pas terribles, mais ça ne me gênait pas plus que ça. Enfin bref, elle n'a pas cessé de maudire ces pauvres types qu'elle avait pris dans ses bras et qu'elle avait reçus en elle, tout comme elle venait de le faire avec moi. Alors j'ai attendu qu'elle s'endorme pour filer comme un chat. J'avais tellement peur qu'elle se réveille pendant que je m'habillais que j'ai pris mes fringues sans demander mon reste et je suis sorti. C'est là que j'ai rencontré celle qui est devenue ma femme, à poil sur le palier avec mes fringues sous le bras. C'est sa voisine. De chez elle, on entend tout. Hier, elle parlait de moi. Je ne suis pas épargné, je suis un pauvre type incapable d'écrire un livre à succès.

Bloquée

Je n'y arrive pas, c'est pas faute d'avoir essayé, mais je n'y arrive pas. Même pas un petit peu, ça décolle pas. Il a tout ce qu'il faut, il est gentil, il est beau, il est pas con, et même il s'en sort bien, mais je n'y arrive pas. Je peux pas m'empêcher de penser à l'autre, à celui d'avant. J'ai essayé, en fermant les yeux, je l'ai pris dans mes bras et je n'ai pas reconnu ses épaules, ni son souffle, ni son odeur, rien, je n'ai rien reconnu, je n'arrivais pas à me dire qu'avec un peu d'imagination ça pouvait être l'autre. Alors, je fais semblant, parce que je l'aime bien, je n'ai pas envie qu'il croie que c'est lui, ou que c'est parce qu'il ne me plaît pas. J'ai envie d'y croire, j'ai vraiment envie que ça marche. Ce type-là, c'est un type bien, ça se voit tout de suite, je voudrais pas qu'il me file entre les doigts à cause de ça, mais je n'y arrive pas, c'est bloqué, bloqué, bloqué, rien à faire. Je pense trop à l'autre, il s'est incrusté dans ma tête et y a rien à faire pour le foutre dehors. Il est tout le temps là, tout le temps, tout le temps, c'est un enfer. Du coup, impossible de me lâcher. Du coup, je ne suis pas disponible, et ça, je ne peux pas lui dire parce que sinon, c'est évident, il va partir en courant, et je veux pas qu'il parte en courant, au contraire, je veux qu'il reste ! J'ai besoin qu'il reste, je sens que ça peut m'aider à m'en sortir, je sens que, pour m'en sortir de l'autre, j'ai besoin de m'embarquer avec lui, mais d'un autre côté, je me dis que tant que l'autre, je l'aurai pas zappé, je n'arriverai pas vraiment à me lâcher. Je ne vois plus ce que je pourrais faire. Je ne vois pas la solution.

La splendeur de l'ennui

Je suis quelqu'un qui s'ennuie souvent. Et je cultive cet ennui comme on entretient un corps d'athlète. J'essaie tous les jours de m'ennuyer un peu. Je m'octroie quotidiennement cette gymnastique de l'immobilité. Je veille à ce que mon ennui ne soit entravé par aucun désir, et que rien ni personne ne le perturbent.

Je peux rester chez moi plusieurs jours sans rien faire et, parfois, j'atteins cette splendeur extatique que doivent ressentir certains moines concentrés dans leur prière. Je n'ai jamais autant la sensation de vivre que lorsque je m'ennuie. Mon inaction me positionne alors pleinement dans le monde. Je prends conscience de ma place ici-bas. Une microplace, comme celle de n'importe qui, mais une place tout de même.

Parfois je rêve de pulvériser pour des siècles le record de l'ennui. Ne rien faire, ne rien espérer, ne rien projeter dans l'avenir et attendre la mort comme on attend l'autobus, en pensant à autre chose. Je m'imagine très bien vivre complètement nu au fond d'une vallée, ou le plus anonymement possible dans une maison de ville, ou au bord d'une plage chilienne ou sur une dune du Kalahari, peu importe, et ne m'exprimer qu'en dilatant mes narines, en clignant de l'œil ou en lâchant quelques petits pets secs et explicites.

Être là, un point c'est tout, sans avoir à justifier mon existence par des paroles ou des actes.

Humiliant

Aimer comme je t'aime, c'est presque humiliant. Je suis plus que ça. Voilà, depuis que je t'ai rencontrée, toute ma vie, c'est toi. Tout ce que je fais, je le fais en pensant à toi, en me demandant ce que tu pourrais en penser. Et tout ce que je dis aussi. Ça te fait peut-être sourire, mais franchement, c'est pas marrant. Même toi, bientôt, tu n'en pourras plus, même toi tu finiras par trouver ça insupportable. Pour l'instant, ça te va, parce que tu m'aimes aussi, mais je suis sûr qu'un jour tu vas en avoir marre, c'est normal. Je sais plus quoi faire, je t'ai dans la tête toute la journée, putain, toute la sainte journée. Tu prends toute la place, je me sens tout ratatiné dans moi. C'est trop gros, c'est trop lourd pour moi. Je ne sais pas comment on fait pour se débrouiller avec ça, c'est la première fois de ma vie que j'aime quelqu'un comme ça. C'est terrifiant, d'aimer à ce point : imagine que tu me quittes, qu'est-ce que je vais devenir, moi ? Si tu me quittes dans les six mois, un an, ça va être une catastrophe. Je suis même capable de ne plus répondre de rien. Il n'y a que l'usure, je vois que ça. Obligés de rester ensemble longtemps. Je ne vois que ça, pour me retrouver un peu. Parce que, depuis que je t'aime comme un fou, je ne me retrouve plus, tu comprends ? Je sais plus qui je suis, je sais plus où je suis, je sais plus ce que je fais non plus, j'ai l'impression de faire n'importe quoi. Je t'aime, tu m'aimes aussi, ça devrait être merveilleux, eh ben non. Je me sens aussi perdu que si tu m'avais quitté. Faut le faire quand même, non ? Franchement, c'est pas humain d'aimer quelqu'un comme je t'aime, ça devrait pas exister, c'est dégueulasse, vraiment c'est dégueulasse !

Je dis l'usure, mais j'y pense, là, imagine qu'avec les années je t'aime encore plus, il y a des couples comme ça, ça fait des années qu'ils sont ensemble, eh ben, au bout de quarante ans ils s'aiment encore comme des dingues, oh lala !... où est-ce que je me suis embarqué, moi ?

Ah ! ça, le jour où je t'ai draguée, j'étais pas inspiré.

Gaëlle

Je m'appelle Gaëlle, j'ai trente-quatre ans, j'ai un gros cul, je suis assistante dans la com', je m'éclate dans mon boulot, je suis super-pro et je ne supporte pas les incompétents. Tous les matins, je prends mon métro à Ledru-Rollin, je lis les gratuits, je me sape chez Zadig & Voltaire, je fais des régimes au printemps, je vote à gauche ou à droite, ça dépend, j'ai les pieds bien sur terre, j'aime pas revoir mes ex, le passé c'est le passé, j'aime pas trop le théâtre, je préfère le ciné, je m'engueule souvent avec ma mère, je me pose pas trop de questions, j'aime pas les gens prise de tête, je lis les bouquins d'Amélie Nothomb et la Star Ac', ça me fait marrer.

Aux vivants le droit de vivre

Je comprends ce qui retient tes bras et détourne ton regard. Ton besoin de stabilité est légitime. Je comprends tes craintes face à un homme qui ne trouve ni le sommeil ni l'apaisement, et qui, à quarante ans, se voit encore en devenir. Je sais aussi bien que toi ce que l'avenir signifie et, comme toi, que si l'on n'y prend garde, il peut nous aspirer dans un siphon d'ennui ou de drames. Je sais bien qu'à nos âges, l'amour ne suffit plus et que l'on attend du quotidien une protection, au risque que celle-ci tempère la joie des corps. Je sais combien ma vie peut te sembler fragile au regard de tes rêves et de tes projections, je ne suis pas un homme qui a les dents aussi blanches que ses chemises, je ne suis pas un homme qui inspire des soirées en mohair et des couchers à heures fixes, et il m'arrive encore que certaines émotions me fassent vaciller. Oui, je te l'accorde, aimer devient plus lourd, parce que nous savons toi et moi ce que cela convoque et ce que cela réclame. Nous connaissons le goût acre de la déception et notre passé est scarifié par nos échecs. Nous savons que rien de ce qui blesse vraiment ne cicatrise jamais et nous sommes régulièrement rappelés à nos douleurs. Je comprends ton essoufflement et ton désir de calmer ta vie, mais permets-moi de croire encore que le bonheur a terrassé bien des peines et qu'il claque mieux des doigts que la frilosité. Ne me retire pas l'idée, aussi incertaine soit-elle, que s'aventurer est toujours plus vivifiant que se contenir, que ce qui s'élance a plus de grâce que ce qui se ramasse. Un jour qui se lève, aussi merdique soit-il, même en novembre, même par temps de pluie, est toujours plus prometteur qu'un soir de juin qui a tout dit. Vois-tu, je n'ai pas eu ma dose et j'ai encore envie de vivre sans politesse à l'égard de l'avenir. Je n'ai aucune raison de le ménager, de le laisser passer avant moi. C'est mon droit. C'est mon devoir de vivant.

J'aime pas

J'aime pas sa façon de boire du thé chinois, là, le regard fixe. J'aime pas quand elle fait des fautes de français pour faire genre. J'aime pas qu'elle fume des joints. J'aime pas les films qui la font rire. J'aime pas ses seins. J'aime pas la relation qu'elle a avec sa mère. J'aime pas qu'elle s'imagine encore devenir chanteuse. J'aime pas sa copine Agnès. J'aime pas qu'elle m'interdise d'entrer dans la salle de bains quand elle y est. J'aime pas qu'elle ferme les yeux quand on baise. J'aime pas quand elle parle des plombes. J'aime pas qu'elle fasse du yoga. J'aime pas ses culottes. Va comprendre. C'est pas simple. Ça nous échappe.

Grimper

J'ai toujours aimé grimper. Gamin, je montais aux arbres. Les plus faciles, c'était les résineux. Après venaient les arbres fruitiers comme les pommiers, les cerisiers, les noyers, les tilleuls aussi, mais c'était plus difficile, parce que les premières branches sont souvent hautes. J'adorais les chênes, massifs, solides, mais là aussi, c'était pas simple, pour un petit bonhomme. Mes préférés, c'étaient les hêtres. Après j'ai commencé à monter sur les immeubles, par les gouttières ou par tout ce que je pouvais. Il fallait pas que je croise un échafaudage parce que deux minutes plus tard j'étais sur le toit. Je rêvais d'être Patrick Edlinger. Il me fascinait, ce type, il fallait le voir, en plan large, sur une paroi complètement lisse, grignoter la montagne.

Je me souviens, pour soulager ses avant-bras, il se coinçait les pieds dans une cavité et se pendait en arrière. C'était impressionnant. Et très beau, c'est très beau, l'agilité. L'agilité des singes, je trouve ça magnifique. T'as déjà vu avec quelle grâce les gibbons se déplacent dans la canopée ? Ça relève de la danse.

Je sais pas d'où ça me vient, ce besoin de grimper. De prendre de la hauteur. J'aime les bêtes hautes. Trouve-moi une démarche plus belle que celle de la girafe. Je sais pas, ça doit me rassurer d'être haut, de voir loin, de voir les prédateurs arriver de loin. Quand t'es en haut d'un arbre, rien ne peut te surprendre. T'es en sécurité. Ça doit être ça, je sais pas.

Seul

Seul, putain. Seul ! Ce qui manque le plus, c'est les regards. Et la gestuelle. Sans ça, je ne peux pas comprendre qui je suis. Je ne suis pas, je n'existe pas. Si je ne suis pas deux, je ne me sens même pas un. De me voir tout seul dans cet appartement, ça me donne envie de me crever les yeux. Je ne suis pas un ours, moi, pas fait pour vivre dans ma grotte. Il me faut une petite dans ma tête et dans ma vie, sans quoi je ne sais plus où je vais, je n'ai plus de repères. Moi, une femme, c'est mon sextant, ça me permet de m'orienter. Là, ça fait quoi, trois mois, quatre mois ? C'est trop long, beaucoup trop long, si ça continue, je vais me perdre, et puis je vais me faire doubler, je vais me faire doubler par mon envie et je serai plus que ça, plus qu'une envie, et alors là je deviendrai invendable, invisible, transparent. Il faut se remettre dans le circuit avant qu'il soit trop tard, il faut revenir dans la danse. Être ouvert, ouvert à toutes, a-ccueil-lant, *open*. Et regarder, poser mes yeux sur une femme ou qu'une femme pose ses yeux sur moi et laisser faire. Rester souple, surtout rester souple, s'adapter, pas faire l'exigeant. Même si elle aime Laurent Voulzy, c'est pas grave.

L'escargot

Vois-tu, il m'arrive souvent de penser à tout ce temps que nous avons passé ensemble. À ces heures lénitives qui nous glissaient dessus et nous faisaient croire que tout était gagné, à ton sourire qui s'ouvrait comme un rideau, à cette époque où, sans nous connaître, nous nous devinions aussi bien que si nous avions vécu mille ans tous les deux.

Il m'arrive souvent d'entendre ton rire comme une musique de fond, ou ce que nous nous disions, dans ce petit matin d'avril, quand nous rentrions de Triana. Je m'en souviens très bien, de cette aube où la fatigue nous servait de béquille pour rejoindre notre hôtel... Et de ce retour de Florence en Vespa, et de ce Noël où tous les deux nous étions plus nombreux que la terre entière, et de notre première nuit dans cette maison, et de la peinture qui te coulait sur le bras, et de toutes les fois où tu te coiffes devant moi, et de tes absences... J'ai tant de souvenirs que je ne sais plus quoi en faire, et quand je projette de passer ma vie avec toi, je me demande comment ma mémoire va s'organiser pour tous les enregistrer.

Aujourd'hui, tu es si proche de moi qu'il me semble ne pas te reconnaître. Il n'y a plus cette distance qui nous séparait et que nous avions à parcourir pour nous découvrir. Plus ce recul qui nous forçait à nous tendre l'un vers l'autre. Tu es si proche de moi que tu te crois permise de faire glisser ce que nous vivons. Notre quotidien a substitué notre vie. Cette vie que tu as réduite à des petits tracas, à de légers soucis qui occupent ton esprit étroit comme l'anneau que tu portes à ton annulaire gauche.

J'ai cru que tu avais changé, mais tu n'as pas changé, tu es devenue. Tu es devenue ma femme. Quand tu parles « des hommes », c'est de moi qu'il s'agit. Si tu te blottis encore contre mon épaule, c'est que mon corps t'est familier, autant que tes savates trouées dont tu ne peux te séparer. Et quand je te regarde, tu me souris pudiquement comme si je t'admirais, alors que j'essaie de retrouver ce que j'ai aimé en toi. Peut-être est-ce encore en toi, d'ailleurs, mais si enfoui.

Bien sûr, nous n'avons plus dix-huit ans, mais vois-tu, avec toi j'ai cru en l'impossible, et je me suis aperçu que le pire était possible.

Parfois, tu me susurres des mots d'amour, ces mots que je déteste, et que j'entends comme s'ils sonnaient mal. Tu ne peux imaginer à quel point je me contrefous de savoir que tu m'aimes, ce que je voudrais, mais que je n'espère plus, c'est que tu me rendes ce que tu as été. Je ne me sens jamais aussi loin de toi que lorsque tu évoques l'avenir, jamais aussi proche que lorsque je songe à ces temps immémoriaux où nous nous aimions sans le savoir encore.

Quand je pense à tout ce temps que nous avons passé ensemble, j'ai l'impression de digérer.

C'est parce qu'il m'arrive souvent de ne plus savoir comment me dépatouiller de tout ça que ce soir, après avoir ravalé mon envie de hurler toute la journée, j'aimerais être un escargot et pouvoir me recroqueviller sous ma coquille. Ne laisser qu'une traînée de bave blanchâtre sur mon passage. N'avoir que ce répugnant tracé comme seule preuve de mon existence. N'être plus que cette muette signature que tu enjamberais avec le même naturel que lorsque tu me gonfles avec ta litanie de femme enfin mariée.

La fermer

Non mais je rêve! Tu crois quoi, trou-du-cul, que c'est parce que tu fais deux têtes de plus que moi que je vais fermer ma gueule? Je suis pas du genre à fermer ma gueule, moi! Celui qui me fera fermer ma gueule, il est pas encore né. Y en a beaucoup qu'ont essayé de me la fermer, crois-moi, beaucoup! Pas un n'a réussi, tu m'entends? Pas un! Et c'est pas parce que t'es foutu comme un lutteur de sumo que je vais la fermer pour autant. Ça te monte au cerveau, ça, ou il faut que je te fasse un croquis? T'as pas respecté la priorit... Et alors qu'est-ce que ça change que ce soit moi qui ai pas respecté la priorité, la terre va pas s'arrêter de tourner, que je sache, ça va pas te provoquer un cancer, non? Alors pourquoi tu viens m'emmerder?

Oui, bon d'accord, ton aile est foutue, c'est quoi, c'est que de la taule, t'as rien de cassé ! Non, je baisse pas d'un ton, non, je la ferme pas, je suis désolé mais quand on me cherche, moi je l'ouv… Ah ben voilà, ça c'est intelligent, ça, alors voilà, dès qu'on sait plus quoi dire on cogne. On peut dire ce qu'on pense, quand même, non ? On est en démocratie, Monsieur, y a des règles, y a des lois, et je vous assure que ça se passera pas comme ça. Et comment que je vais le remplir, ce constat, et comment !

Ah non, Jacqueline, je t'en prie c'est pas le moment, ferme-la ou je t'en colle une.

Recommandé

Quand je l'ai rencontrée, j'étais tellement heureux que je me suis écrit une longue lettre dans laquelle j'ai raconté tout mon bonheur dans les moindres détails, je n'ai rien oublié, tout ce qu'on a vécu, tout ce que j'éprouvais, tout ce que je pensais, tout ce qu'elle disait, tout, même les choses les plus insignifiantes. Ensuite je me suis envoyé la lettre en recommandé avec accusé de réception, et quand je l'ai reçue, je l'ai rangée dans un coin. Quelques années plus tard, on était toujours ensemble et, franchement, c'était plus pareil. On avait tous les deux changé, on s'aimait plus du tout de la même façon, notre amour était beaucoup plus sourd, enfoui, tellement enfoui que c'était à se demander si on s'aimait encore. À tel point que j'ai pensé à me barrer. Alors j'ai décacheté la lettre. Ça m'a suffi pour me convaincre de rester.

Sportif

Alors toi, le moins qu'on puisse dire, c'est que je t'aurais méritée. Primo, ça faisait des années que je t'attendais. Des années que j'avais juste le droit de tremper mes lèvres dans le bonheur et puis pas plus. Deusio, quand je te rencontre il faut que tu sois maquée avec un poulpe qui te colle de partout. Et tertio, quand enfin mademoiselle est dispo, il faut que tu me fasses poireauter des semaines et des semaines, genre laisse-moi digérer mon histoire avec Dudulle et faire mon rot. Tu crois que ça peut être simple ? Comme à la télé ou sur grand écran ? Ils se rencontrent, ils se plaisent, ils s'aiment, allez zou ! emballez, c'est pesé. Eh ben, nan ! Il faut que ça soit compliqué, il faut que mademoiselle prenne tout son temps, qu'elle s'ébroue un peu, qu'elle remette de l'ordre sans sa tête, qu'elle fasse une pose, alors que moi, je suis là, tendu comme un arc, les pieds bien calés dans les starting-blocks, les doigts bien posés sur la ligne, concentré, parce qu'un début d'histoire, faut surtout pas le rater, faut se donner à fond, je le sais, c'est pas une première pour moi, avec toutes les histoires foireuses que je viens d'enquiller, j'ai largement eu le temps de m'entraîner. Comme un sportif, je me suis entraîné. Je suis prêt, moi. Y a plus qu'à donner le départ. Quand mademoiselle sera disposée.

Drôle

Je suis un type drôle. Naturellement drôle. Je me mets là et les gens se marrent. J'entre dans une boulangerie, je demande une baguette, et ça y est, toute la boutique se bidonne. Je les entends dans mon dos : oh ben, dis donc, qu'est-ce qu'il est comique, ç'lui-là, on doit pas s'ennuyer avec lui... Eh ben, vous me croirez ou pas, mais c'est pas marrant, d'être drôle. On n'est jamais pris au sérieux, on vous traite de bouffon, de guignolo, de corniaud, on vous tape dans le dos, on est familier... Le pire, c'est ceux qui croient que je me moque d'eux. J'en ai pris, des beignes, à cause de ça. Sans parler des boulots que j'ai perdus. Mes boss pensaient toujours que je me foutais de leur gueule. Alors qu'en fait, quand ils me parlaient, je faisais que leur répondre. C'est quand même pas de ma faute à moi, si à chaque fois que je l'ouvrais tout le bureau se mettait à rire. Et avec les femmes, vous croyez que c'est facile ? On dit toujours qu'il faut faire rire les femmes pour les séduire. Bon, pour les séduire, oui, mais après... Essayez de rester concentré quand vous faites l'amour à une femme qui se marre comme une baleine ! Alors vous vous arrêtez et vous demandez : Qu'est-ce qu'il y a ? Non, rien, c'est toi, tu me fais rire. Je peux savoir pourquoi ? Je sais pas, elle répond, et là, la fille, à tous les coups, elle part dans un fou rire incontrôlable. Et ça finit toujours de la même façon, excuse-moi, excuse-moi, qu'elle dit, il faut que j'aille faire pipi. La plupart du temps, ça me coupe toute envie. Ma sexualité, c'est ça, à peine le temps d'avoir la trique qu'aussitôt j'ai plus envie. Trouvez-moi un seul type capable de tenir avec une fille sur lui, planquée sous ses cheveux avec les épaules qui tremblotent.

Je sais qu'y a des tas de gens qui aimeraient bien faire rire les femmes comme moi, mais moi, ce que j'aimerais, c'est émouvoir une femme, la faire pleurer, juste une fois, pour voir ce que ça fait. J'ai essayé. On s'aimait comme des fous. Je lui ai dit que j'avais un cancer généralisé et que je n'en avais plus que pour deux semaines. Elle s'est mise à rire, à rire, à rire, et plus j'entrais dans les détails, plus elle riait. Jusqu'à en pleurer... mais de rire. J'ai consulté, je suis allé voir un psy. Dès qu'il a ouvert la porte, je l'ai vu retenir son petit rire comme un hoquet. Dans son cabinet, je le sentais derrière moi qui se tortillait sur son fauteuil jusqu'à éclater d'un rire énorme, un rire fracassant, interminable. Ensuite, en s'essuyant les yeux il m'a demandé si j'accepterais de venir à des réunions pour dépressifs. Une espèce d'association où on se regroupe tous les mardis soirs dans une salle des fêtes. Pensez, j'allais pas refuser. Que des gens comme moi, complètement rouillés par la déprime. C'était l'occasion ou jamais de me sentir moins seul, d'être enfin compris. Bon, j'arrive à la première réunion, et il y avait un groupe d'une dizaine de personnes assises toutes en rond, le dos courbé, se triturant les mains, le regard fixe et éteint, des vrais déprimés, quoi. J'ai pris ma place et là c'est parti, ils m'ont regardé les uns après les autres, et à chaque fois qu'un type posait ses yeux sur moi, il se mettait à pouffer. Jusqu'à ce que tout le monde hurle de rire, même les gars en blouse blanche. Tous ensemble. Il y en avait qui tombaient de leurs chaises, d'autres qui se pliaient en deux, qui se frappaient les cuisses ou sautillaient sur place. Comme ça pendant au moins vingt minutes. À la fin, le psy que j'étais allé voir m'a pris à part, m'a filé un billet de cent euros et en reprenant son souffle, il m'a juste dit merci, vraiment merci, à la semaine prochaine. J'y suis jamais retourné, évidemment.

Arrivé chez moi, j'ai chialé comme une fontaine, j'ai pleuré pendant deux jours. Et après, je me suis dit bon, écoute, ça te dépasse complètement, alors autant te résigner et t'en servir. Autant essayer de gagner ta vie avec ça. Si ça peut soulager des gens, leur faire du bien… C'est là que j'ai eu l'idée d'aller voir un producteur de café-théâtre. Le type m'a embauché tout de suite. Il m'a dit vous, vous allez devenir une star, c'est évident, des types comme vous, il y en a un par siècle, pas plus, vous commencez dès ce soir.

J'avais pas de texte, il m'a dit c'est pas grave, improvisez, vous verrez, tout se passera bien. Et il faut reconnaître que le gars avait du nez, il connaissait son métier, parce que dès que je suis arrivé sur scène, ça a été l'hilarité générale. Je ne contrôlais rien, mais c'était pas grave. J'ai fait mon show pendant une heure et j'ai eu droit à quatre ou cinq rappels, le public en pouvait plus, ils voulaient plus quitter la salle. C'était un triomphe, y a pas d'autre mot.

J'ai joué pendant un an. Je changeais régulièrement de théâtre parce que les salles n'étaient jamais assez grandes. Il y avait des queues de cinquante mètres sur le trottoir. J'étais devenu plus qu'une star, un phénomène. Alors pour durer, parce que dans ce métier, la difficulté, c'est de durer, pour durer, je me suis mis à écrire des textes, à bosser comme un pro. J'étais vraiment au point pour la saison suivante. Et là, je sais pas ce qui s'est passé mais ça a été le fiasco total. Quand je jouais mes textes, les gens ne riaient plus. Dès que j'arrêtais de parler, ils riaient, et dès que je lançais une vanne, plus rien, le silence total. Plus personne a voulu me produire, je me suis fait virer de tous les théâtres de la capitale, j'étais fini.

Alors je suis retourné à ma vie d'avant. Et les gens se sont remis à me rire dessus. Maintenant je ne travaille plus, j'ai pas de femme, je fais la manche dans le quartier et je me fais un max de blé. J'ai qu'à me mettre sur le trottoir et attendre que les gens mettent la main à la poche. Ils se marrent tellement en me voyant que je suis presque riche. J'ai rien d'autre à foutre que d'être là et de les entendre glousser en passant devant moi. Mon drame, c'est que j'ai jamais compris ce que j'avais de drôle.

Voisine

Je peux rester des après-midi entiers à regarder cette fille, caché derrière mon rideau. Je me demande ce qu'elle peut écrire sur son ordinateur. À quoi elle pense quand elle regarde par la fenêtre. Je me demande ce qu'elle mange, ce qu'elle utilise comme dentifrice, ce qu'elle écoute comme musique. Un jour, je l'ai vue danser toute seule. Je me demande si elle a des frères et sœurs, si elle met la radio quand elle se lève le matin, si elle préfère l'Espagne ou l'Italie, si elle garde son mouchoir en boule dans sa main quand elle pleure et si elle aime Thomas Bernhard. Je me demande comment elle dort et comment elle jouit. Je me demande comment est son corps de près. Je me demande si elle s'épile ou si au contraire elle a une grosse toison. Je me demande si elle lit des livres en anglais. Je me demande ce qui la fait rire, ce qui la met hors d'elle, ce qui la touche et si elle a du goût. Qu'est-ce qu'elle peut bien en penser, cette fille, de la hausse du baril de pétrole et des Farc, et que dans trente ans il n'y aura sans doute plus de gorilles dans les montagnes du Rwanda ? Je me demande à quoi elle pense quand je la vois fumer sur son canapé, et ce qu'elle fume comme cigarettes. Est-ce que ça lui pèse d'être seule ? Est-ce qu'elle a un homme dans sa vie ? Et si c'est le cas, pourquoi c'est elle qui va toujours chez lui ? Pourquoi il n'y a jamais d'homme chez elle ? Je me demande comment elle se voit dans vingt ans. Je me demande quel sens elle donne à sa vie. Qu'est-ce qu'elle pense de sa vie quand elle est comme ça, toute seule, chez elle ? Si ça se trouve, elle n'a aucun intérêt, cette fille.

Insomnies

Je sais bien que ce n'est pas de ta faute, que tu le fais instinctivement. Je trouve même cela attachant. Pourtant, je t'ai assez bassinée avec mes insomnies. Combien de petits déjeuners t'ai-je gâchés avec mes récits de nuits hachées, mes jalousies de te voir dormir à poings fermés ?

Je sais bien que dans ton profond sommeil, tu te raccroches à moi comme à une bouée de sauvetage, c'est quelque chose que je comprends, et que j'envie. Moi aussi, j'aimerais avoir besoin de sentir ta peau contre la mienne pour dormir paisiblement, seulement voilà, malgré tout l'amour que j'éprouve pour toi, moi, je ne peux dormir qu'avec l'impression d'être seul dans mon lit. Ta respiration ne me gêne pas, il arrive qu'elle m'agace, parce qu'elle est d'autant plus bruyante que la mienne est silencieuse, mais lorsque je sens tes fesses contre ma cuisse, ou que ton bras mou s'étale sur moi, je n'ose plus bouger. Alors je reste paralysé et concentré sur ces bouts de toi en attendant patiemment que tu t'éloignes. Et cela n'a rien à voir avec l'amour, c'est physique, ou psychologique, je n'en sais rien. Toujours est-il que dès que tu me touches, quand j'ai enfin réussi à m'assoupir, mes yeux s'ouvrent comme ceux d'une poupée que l'on renverse, mécaniquement, et après, je dois attendre longtemps avant de me rendormir.

Ni toi ni moi n'y pouvons rien contre cette petite imperfection de notre vie commune, mais au moins, la prochaine fois que ton corps se retournera pour trouver le mien, s'il te plaît, avant de me réveiller, laisse-moi finir mon rêve.

Douleur

Vous n'avez jamais pu la nommer et pourtant, vous vous êtes fait à sa présence. C'est à elle que vous devez vos insomnies et vous avez fini par accepter cette difficulté à dormir paisiblement, comme on s'arrange avec les défauts de la femme que l'on aime. Si votre moral vous échappe, vous ne cherchez plus à savoir pourquoi, vous savez que votre abattement se dissipera. Sans avoir à lutter, vous sentez que tôt ou tard, votre énergie et votre courage parviendront à avoir le dessus. Vous êtes solide. On dit de vous que vous êtes fort, que vous avez une capacité à encaisser exceptionnelle. Vous accrochez votre sourire. Vous ne vous plaignez jamais. Vous gardez vos faiblesses pour vous. Oui, oui, vous allez bien. Toujours bien. Vous savez que

Douleur

seuls les plus combatifs se réalisent pleinement, que le bonheur se construit, lentement, et vous êtes convaincu de l'édifier. D'être sur la bonne voie. Vous êtes sûr de vous, vous ne doutez pas de vos plans. C'est une question de temps. Vous connaissez mieux que quiconque le sens de la patience.

Vous ne craignez pas votre douleur parce que vous n'avez pas conscience de sa puissance.

Baiser

Je ne connais rien de plus pathétique, je ne vois pas ce qui peut donner une condition plus aiguë de sa solitude. C'est terrifiant. À s'y pencher un peu, c'est terrifiant. On est là, les yeux grands ouverts, avec tous les sens ultra-sensibles, à voir une éventualité à chaque coin de rue, n'importe qui, même elle. Toutes. L'envie de baiser qui t'électrise, qui te fait errer dans les rues, dans les bars, comme un fauve qui traverse toute la savane au trot avec la langue qui pendouille, sous le cagnard, en s'arrêtant de temps en temps pour reprendre son souffle, puis qui repart et qui cherche, qui cherche, qui cherche. L'envie de baiser qui te tenaille, putain, qui t'obsède. T'es plus rien, t'es plus que ça, t'es invendable. T'as aucune chance, tu demandes l'heure et tu crois que ça se voit sur ta gueule, t'as plus de souplesse, t'es complètement coincé avec ton envie qui te retient, mais là, c'est trop lourd, t'as trop envie, t'as perdu tout ton fluide, tu dis n'importe quoi en espérant que ça ne soit pas une connerie et, du coup, tu dis que ça, des conneries. Mais pourquoi, nom d'une merde, c'est si compliqué de baiser ? Comme ça, comme on va aux champignons ou au gardon ? Pourquoi il faut y mettre tout ce baratin, pourquoi on n'est pas tous faits pareil ? Pourquoi ? C'est rien que du plaisir, faut pas voir autre chose, c'est rien que ce qu'il y a de plus innocent en nous. Rien de ce qu'il y a de plus simple. Et plus t'as envie, et plus t'es certain de te retrouver chez toi avec ton envie qui te tord la tête, qui te serre le ventre comme un besoin de tuer. Tu donnerais beaucoup, putain, vraiment beaucoup pour te retrouver entre les jambes d'une fille et voir ses seins qui bougent comme des bouées sur la houle et puis te redresser et bien agripper tes mains sur ses cuisses, et doucement, tout doucement, glisser ta queue dans sa chatte toute chaude, en fermant les yeux, en te laissant légèrement soûler, en dégustant le moment, comme quand t'étais gosse et qu'en hiver, après une journée de merde à l'école, après avoir eu froid toute la journée, tu ouvrais la porte de chez toi et que tu te disais, ça y est, ça y est, c'est fini, maintenant t'es au chaud, t'es à la maison.

Je n'en ai jamais parlé à personne

Ça peut me prendre à la terrasse d'un café, à un dîner chez des amis, au théâtre, dans un supermarché, sous ma douche ou en travaillant. Ça peut me prendre à six heures du matin ou à cinq heures du soir. Par temps de pluie ou quand les jours sont bleus.

Quand ça m'arrive, je ne pense à personne ni à quoi que ce soit de particulier. Je me sens soulagé comme si rien ne pouvait jamais plus m'agresser, comme si tous les détails qui polluent l'existence n'avaient plus aucune importance. Tout devient limpide, tout s'allège.

Les larmes ne me montent jamais aux yeux, et pourtant j'ai l'impression d'avoir de la buée sous les paupières. À chaque fois, je crois que ça va déborder et rien ne se passe. Ce n'est pas de la tristesse. C'est mieux. C'est pire. Enfin, c'est moins envahissant mais beaucoup plus profond. Enfoui.

Je n'en ai jamais parlé à personne.

Il arrive que cela me ramène à un vécu très lointain. Depuis que j'ai l'âge d'homme. Ou plutôt depuis cet âge où l'on s'aperçoit que la vie n'est pas du tout comme on nous l'avait décrite dans les livres d'enfants. Je ne suis jamais aussi lucide et conscient que quand cela me monte aux oreilles. Ce n'est pas de la compréhension, les choses ne sont pas plus intelligibles que lorsque je vais bien.

Souvent, cela m'épuise. Alors je rentre chez moi et je m'allonge sur mon canapé ou sur mon lit. Je peux rester des heures entières, sans rien faire d'autre que de l'entendre. Cela me rassure. Et là, je prends réellement conscience de ce qu'est la solitude. Que seul le silence peut apprivoiser la solitude.

Je n'en ai jamais parlé à personne. Mais tu vois, quand je me sens très éloigné de tout, même de ma propre respiration, ou de la caresse de mes doigts sur ma barbe, quand je me sens si loin de ce qui fait de moi un être vivant, j'entends la détonation d'un fusil de chasse.

Ramona

Je sais ce que tu aimerais, ce que tu aimerais, c'est que je vienne chanter Ramona sous tes fenêtres, que je te coure après sous la pluie, que je hurle ton nom dans la nuit, que j'escalade ta façade, que je pleure à m'étouffer, que je ne mange plus rien pendant des jours et des jours, que je ne me lave plus, que je vomisse mon whisky, que je passe mon poing au travers d'une vitre, que je donne des coups de boule contre les portes, que je te poursuive en voiture, que je casse la gueule au premier qui te parle, que je me fasse ramasser par les flics et que je t'écrive des lettres de vingt pages. Ce que tu aimerais, c'est que je me disparaisse dessus, que je devienne l'ombre de mes semelles, que je ne sois plus rien, comme tous ces pauvres types que t'as broyés et que t'as laissés sur le pavé.

Eh ben, rien que pour te faire chier, t'auras rien de tout ça, t'auras rien ! Rien que pour te faire chier, je vais me coucher à onze heures tous les soirs, je vais faire du sport et retrouver les abdos de mes vingt ans. Je vais aller chez le merlan et je vais m'acheter plein de belles fringues pour être le mec le plus classe du quartier. Rien que pour te faire chier, je vais me taper une fille deux fois, trois fois, dix fois plus belle que toi, je vais m'acheter une belle décapotable comme t'en aurais rêvé. Je vais trimer comme une brute et je vais gagner un max de pognon, je vais trimer comme une brute et je vais devenir un mec célèbre, un mec vraiment super, un mec que toutes les femmes rêvent de se taper, un mec qu'on reçoit comme un prince, qu'a sa photo dans les journaux et à qui on pose des questions débiles à la télé… Et une fois que j'aurai tout ça, avec ma belle gueule, ma belle femme, mes belles fringues, mes beaux biffetons dans mon beau portefeuille et ma belle voiture, je passerai ostensiblement sous tes fenêtres en roulant au pas pour que t'aies bien le temps de mesurer ce que t'as laissé filer comme une conne. Rien que pour te faire chier.

Pas mon jour

Ça a commencé quand je me suis réveillé avec un mal de tête pas possible à cause de l'alcool de la veille. J'ai voulu prendre une douche pour me réveiller et la chaudière est tombée en panne au moment où j'étais recouvert de savon et de shampoing. Après ma douche froide, je me suis dit : un bon petit caoua avec le journal et tout se passera bien. Chez le marchand de journaux, le dernier exemplaire a filé sous mon nez. Je me suis quand même assis en terrasse et j'ai regardé les gens passer dans la rue. Au bout de dix minutes le type n'était toujours pas venu me demander ce que je voulais. Au bout d'un quart d'heure non plus. Après vingt minutes, je me suis levé et je suis allé le demander au comptoir. Un mec énervé m'a dit qu'il fallait s'adresser au serveur de salle. Quand le type me l'a apporté, ça faisait une demi-heure que j'étais là. Pour me changer les idées, je suis allé au ciné. J'ai fait la queue, comme tout le monde, le dimanche il y a toujours du monde. Et bien entendu, quand ça a été mon tour de demander mon billet, le guichetier m'a dit que c'était complet. Il faisait bon, alors je suis rentré à pied. Sur le chemin, j'ai passé quelques coups de fil pour savoir s'il n'y avait pas un poteau pour tuer une heure ou deux, mais je ne suis tombé que sur des répondeurs. Je l'ai même appelée elle, mais comme c'était à prévoir elle m'a envoyé chier. Chez moi je me suis mis devant la télé. Y avait que des séries pourries ou un docu sur les orangs-outans. Ça m'a foutu un de ces bourdons, ce docu... J'ai inspecté le frigo, il restait un peu de lait que j'ai bu à même la bouteille. Il était caillé et j'ai tout recraché dans l'évier. Bon, c'était pas mon jour, quoi. Fallait pas insister. J'avais plus qu'à m'allonger sur mon canapé et à fumer des clopes en regardant le plafond. Ça s'est très bien passé, j'ai fumé quatorze cigarettes jusqu'au soir. Comme quoi, il faut jamais désespérer.

150 grammes

Je suis pas pour les yaourts à 150 grammes. 150 grammes, c'est trop. 100 grammes, ça suffit largement. 150 grammes, c'est 50 de trop. Quand on voit tout le mal qu'on se donne pour perdre des kilos, et que ces salauds de fabricants nous rajoutent 50 grammes pour des histoires de production et de rentabilité ou je sais pas quoi, ça me rend dingue. 50 grammes comme ça, ça a l'air de rien, mais 50 plus 50, plus 50, plus 50, faites le compte, à la fin du mois ça fait le total exact pour avoir un cul comme la Chine. J'en ai marre de m'esquinter la vie à perdre du poids. Eh ben oui, ça m'esquinte la vie, à moi, de penser tout le temps à mon poids. J'suis crevée. Ça m'épuise, moi, de faire tous ces calculs. À Mamie Nova, je leur ai écrit pour le leur dire. Je me suis pas gênée. Pas que je m'épuisais à maigrir, mais que 150 c'était trop et qu'ils pouvaient très bien faire des yaourts à 100, 125 grammes maxi. De toute façon j'ai toujours fait comme ça. Moi, je suis du genre à écrire. La première fois, j'avais sept ans ; c'était au Père Noël, pour lui dire qu'il s'était planté de poupée et que le minimum, c'était de lire les lettres qu'on lui envoyait. Quand y a un truc qui m'énerve, j'écris. J'ai écrit à plein de trucs, je peux faire la liste, mais ça va être long. RATP, oui, SNCF aussi, les impôts, le président de la République, les voisins, bien sûr, plein de voisins, et je signe, hein, j'ai pas honte. Ça me soulage d'écrire. Moi, je vote pas, j'écris. Je suis pas du genre à faire des histoires, mais j'écris, comme ça c'est dit. Même à moi, des fois, j'écris.

Tous ses livres

Je ne lis jamais. J'ai horreur de ça. Les livres m'endorment et me tombent des mains. Sauf ceux de Patrick Alfez. J'ai lu tous ses romans. Il en a écrit dix-sept en trente-quatre ans. Tous les deux ans, avec la régularité d'un coureur de fond, il sort un roman en septembre chez le même éditeur depuis sa première publication. Ce sont les seuls livres que je possède. Ils m'ont accompagné pendant les deux tiers de ma vie et je leur dois beaucoup. Ils m'ont aidé à surmonter bien des doutes, ils m'ont éclairé sur moi-même et sur le monde qui m'entoure. J'ai toujours remarqué une étrange similitude entre les romans de Patrick Alfez et ma vie. Ses personnages et moi éprouvons exactement les mêmes émotions, les mêmes désirs, les mêmes lassitudes, les mêmes joies et les mêmes méfiances. Grâce à son talent et à son acuité, Alfez m'a permis de nommer ce que j'éprouve. Tous ses romans sont rangés dans une bibliothèque que j'ai montée exclusivement pour ses livres il y a une dizaine d'années. Chacun d'entre eux mesure environ trois centimètres de largeur. La totalité de son œuvre tient dans 51,3 centimètres. Or ma bibliothèque ne compte que 54 centimètres. Son dernier roman est sorti il y a une semaine et, comme tous les autres, je l'ai lu d'une traite, la nuit. Lorsque je l'ai terminé, je l'ai rangé sur ma bibliothèque à l'unique place qui restait et, je ne sais pas pourquoi mais j'ai eu la sensation que ce livre pourrait être son dernier. Alors hier, je me suis arrangé pour obtenir son numéro de téléphone auprès de son éditeur et je l'ai appelé. Je suis tombé sur un répondeur. C'était la première fois que j'entendais le son de sa voix. Cela m'a troublé parce que je lui ai trouvé beaucoup de ressemblance avec la mienne. Ce matin, j'ai lu dans le journal que Patrick Alfez a fait un infarctus hier vers dix heures quinze du matin, quelques minutes seulement avant mon appel. D'après le journal, sa vie n'est pas en danger et il devrait sortir de l'hôpital rapidement. Je suis aussitôt parti acheter une nouvelle bibliothèque de 90 centimètres. Avec ça, il devrait tenir encore longtemps.

Bruits

Parfois quand elle n'est pas là, je ne pense pas à elle mais à tous les bruits que j'entends quand je suis avec elle. Le tiquitiquiti de la fourchette au fond du saladier quand elle fait la vinaigrette. Elle va tellement vite qu'il n'y a qu'elle pour faire un tiquitiquiti pareil. Le claquement de ses tongues contre ses pieds quand elle traverse la terrasse en été ou les petits clics que font ses bagues quand elle attrape son verre de whisky. On dit que les hommes sont visuels, mais moi, rien ne m'émeut plus que les sons qui vont avec une femme. Une femme, pour moi, c'est des sons. Je me souviens d'une qui faisait toujours claquer ses ongles en joignant son pouce et son annulaire. Une autre, c'était les légères succions de sa langue quand elle dormait, une autre c'était ses gargouillis, quand elle avait faim elle était pire qu'un lavabo. Elle, ce qui la caractérise le plus, c'est le bruit de son sourire, elle salive tellement que quand elle sourit, sa bouche fait le bruit de bulles qui éclatent. J'aime bien ce bruit. Quand elle n'est pas là, je me le mets en boucle, ce bruit.

Passé inachevé

Comme tout le monde, je vis avec un passé inachevé. C'est ce passé inachevé qui m'empêche de vivre dans une totale tranquillité. J'essaye de vivre du mieux que je peux entre les gouttes acides de la mélancolie ou du ressentiment, et celles, plus douces, de la quiétude. C'est ce passé inachevé qui fait de mon avenir une chose floue et incertaine dans laquelle je ne projette rien. Je crois que l'on commence à vieillir le jour où l'on craint de vieillir. Et je ne veux pas vieillir, car je n'attends plus rien de la vie. Non pas qu'il ne m'arrivera pas de belles et fortes choses, il n'y a pas de raison que je sois épargné, mais je n'espère plus rien. Je n'ai plus les rêves qui me donnaient envie de poursuivre ma vie pour les réaliser un jour. Je la poursuis simplement comme un marathonien continue à courir sans connaître l'aboutissement de la course. Je ne sais pas ce qui m'attend, et je ne veux pas le savoir.

Sois pas gentil

Sois pas gentil. Si t'es gentil, ça va être trop dur, je t'aime encore trop et si t'es gentil, je peux pas comprendre, j'arriverai pas à m'en sortir. Montre-toi tel que tu es, je sais que t'es capable d'être méchant, d'être un vrai salaud, alors pourquoi pas avec moi ? Il faut que tu sois méchant avec moi, que tu sois blessant, parce que sinon je vais m'embourber. Tu comprends, là, je suis dans la tristesse, et plus t'es gentil, plus je m'y enfonce, je le sens bien. Tu fais exprès d'être gentil, hein ? C'est ça ? Tu le sais très bien, que le seul moyen de m'en sortir, c'est de passer par la colère, c'est de te haïr, même si c'est une haine qui sera fausse, même si c'est une haine à laquelle ni toi ni moi ne croirons. Tu le sais très bien, que j'en ai besoin, que j'ai pas d'autre solution. C'est pour ça que tu es gentil, hein, c'est encore une façon d'avoir le dessus, d'avoir l'ascendant sur moi, hein ? Tu te comportes comme un type bien, un type parfait, pour que tout le monde pense que même si tu me quittes, tu fais ça bien, tu fais ça proprement. Faut toujours que tu tires ton épingle du jeu, tu sais très bien ce que tu fais. Tu me plaques et je peux même pas t'en vouloir. En plus tu fais tout pour que je t'aime encore. C'est vraiment dégueulasse. Sois pas gentil, je te dis. Je t'en supplie, sois odieux, comporte-toi comme un porc, dis-moi des trucs terribles, fais ça pour moi, par respect pour moi. Il faut que je passe par la colère, j'ai pas le choix. Sois pas gentil, s'il te plaît… garde pas toute la dignité pour toi, laisse-m'en un peu. Aide-moi, bordel. Alors vas-y, pousse-moi, pousse-moi à te maudire. Dégoûte-moi, dégoûte-moi de toi. C'est la seule chance que j'ai, la seule, tu comprends, je n'en ai pas d'autre. Il faut que je passe par la colère. Il faut que je te déteste.

Plus d'histoires

Je ne veux plus qu'on me raconte d'histoires. Je voudrais que chacun me parle de sa propre vérité, cette vérité que l'on ne craint pas de donner à un inconnu dont on se moque du jugement. Je voudrais qu'on me parle comme si je n'avais aucune importance.

Nous portons tous en nous les douleurs les plus ancestrales du monde, nous avons tous, enfouie au plus profond de nous, l'histoire du monde. Ce monde, nous l'étouffons dans le bavardage. Nous avons tous en nous un silence bruyant mais d'une clarté plus parlante que tout ce que nous pouvons nous raconter.

Ce sont des mots blanchis par toutes nos vérités que j'espère entendre un jour.

Je ne désire qu'une seule chose, que les mots se blanchissent jusqu'au silence.

Vingt

Lui, c'est mon vingtième. Je suis assez contente, je voulais pas rater un chiffre comme ça. Vingt, ça se fête. Vingt. J'en ai vingt au compteur. À vingt ans, j'ai couché avec vingt bonshommes. Vingt, vingt ! C'est marrant, non ? Donc trente, trente, quarante, quarante... Sauf que j'ai commencé à quinze ans, donc ça fait vingt en cinq ans, alors à quarante, ça fera pas quarante, ça fera cent. Cent, putain, c'est un chiffre, quand même. Y en aura plein dont je me souviendrai pas, c'est obligé. Déjà vingt, c'est limite pour tous me les rappeler, alors cent, je vois pas comment je ferai. Cent, ça en fait, des bites. Si avec ça je deviens pas une experte en bonshommes, c'est que les statistiques, c'est du flan. À cent, j'arrêterai. Je dis ça, mais si ça se trouve, j'irai jusqu'à cent un pour faire comme les cent un dalmatiens. C'est de ma faute à moi, si j'aime ça ? Je sais très bien ce qu'on dit dans mon dos, mais je m'en fous. Je sais que les filles, elles m'envient de m'en être tapé autant, et que les mecs y rêvent tous de me passer dessus. Je suis une fille qu'on envie et dont on a envie. Qui dit mieux ? Y paraît qu'à soixante-dix ans, c'est le meilleur souvenir qu'il vous reste. Le sexe. C'est ma grand-mère qui m'a dit ça. Elle m'a dit, tu sais quand on a mon âge, les plus beaux souvenirs qu'il vous reste ce sont les nuits d'amour. C'est ses mots à elle, mais je sais bien ce que ça veut dire. Ça veut dire qu'il n'y a rien de tel, après avoir bien pris son pied, que de se coller contre un homme en lui tenant la bite encore toute chaude comme un petit écureuil endormi. Tricote-toi des souvenirs, elle me dit, ma grand-mère, alors moi, je fais comme elle me dit et je me tricote des souvenirs pour me faire des pulls et des pulls pour quand je serai vieille et que j'aurai toujours froid. Parce que les vieux, ils ont toujours froid. Ils ont froid de ne plus pouvoir vivre les choses. C'est ça, qui donne froid, c'est de plus pouvoir s'assouvir, de plus pouvoir se donner à fond à ce qu'on a envie de vivre. Alors moi, je chipote pas, je fais pas la fille compliquée, j'y vais. Des fois c'est bien, des fois c'est pas bien, mais c'est pas grave, je regrette jamais. Le vingt et un, je sais déjà qui c'est. Il est pas terrible, mais pour un vingt et un, ça passera.

Petite fille

Un jour quelqu'un m'a dit, je préfère ta vie à celle de Machine. Dans sa bouche ça voulait dire je te préfère à Machine, t'es une fille bien. C'était gentil de me dire ça, mais ça m'a quand même un peu pincé le cœur, parce que Machine, elle vit avec un type super et elle a une petite fille qui braille la nuit et qui l'empêche de dormir. Moi non plus, je ne dors pas la nuit. Mais ce n'est pas à cause d'une petite fille. C'est justement parce que je n'en ai pas.

La patience des buffles sous la pluie

On dit que tout le monde a vécu ça au moins une fois, cela n'a rien d'exceptionnel. Vu de l'extérieur, j'ai l'air d'un type qui va bien, j'ai une vie sociale, mes sourires sont souples et mes rires francs, tout est normal. Mais c'est comme si une constante petite pluie fine, qui mouille à peine mais glace les os, ruisselait à l'intérieur de moi-même, une petite pluie qui engraisse, sans en avoir l'air, le terreau de mes souvenirs avec cette femme. Une petite pluie discrète et incessante.

Malgré cette présence, je me porte à merveille. La vie ne me sourit pas particulièrement, mais elle ne me montre pas les dents non plus. Je gagne suffisamment d'argent grâce à un travail qui me passionne. Ma santé n'a jamais été aussi bonne, j'éprouve toujours autant de plaisir à fumer sans rien faire et j'ai une compagne. Une compagne en or, évidemment. Jolie, gentille, intelligente, drôle, attirante et pas chiante pour deux sous. Une fille avec qui je passe des moments simples et agréables. Nous nous voyons peu mais régulièrement, comme pour des extra. Ainsi nous nous épargnons de nous supporter. Il ne nous viendrait jamais à l'esprit de passer une soirée ensemble sans l'avoir vraiment désiré. « Non, pas ce soir » ne pose jamais de problèmes, n'attise jamais de doutes.

Seulement voilà, il y a l'ex.

C'est déstabilisant, de tourner brusquement la tête et de croiser des yeux marron plutôt que des yeux verts, de se reprendre pour ne pas prononcer un prénom dont la langue avait pris l'habitude, de se réveiller la nuit et de caresser des cheveux courts plutôt que des cheveux longs, de se familiariser avec une nouvelle jouissance.

Il n'y a rien à faire pour l'évaporer, pour avoir la paix. Elle est toujours là, dans un coin, jamais bien loin. Cela pourrait être presque confortable, si elle ne me gênait pas pour vivre, autant que du gravillon coincé dans une chaussure incommode la démarche.

Je sais pertinemment qu'il est vain d'y penser, qu'aucune soudaine prise de conscience ne la fera revenir. Je sais qu'elle m'a aimé mais qu'elle ne m'aimera jamais plus. Je n'en souffre pas. J'accepte son absence comme quelque chose d'irrémédiable. Je n'attends rien, je ne souhaite que de me retrouver seul sans son image floue. Je trouve cela long, voilà tout, si long qu'il m'arrive d'en désespérer.

Alors, parfois, pour me rassurer et parce que je refuse de me battre inutilement contre ce qui me dépasse, je songe à ces buffles dans ces plaines africaines qui, lorsque l'orage s'abat sur la savane, se maintiennent solidement sur leurs quatre pattes, baissent la tête et attendent, immobiles, que cesse la pluie.

Les maigres

Les maigres ne prennent pas de place. Dans un wagon de métro bondé, ce n'est jamais vers eux que l'on jette des regards réprobateurs. Dans un lit, on oublie qu'ils sont là, bien couchés à côté de vous. Ils ne font jamais déborder les baignoires et peuvent se faufiler dans les cocktails. On en met quatre, voire cinq, dans un ascenseur conçu pour trois personnes.

L'hiver ils se cachent derrière des bouleaux ou derrière des skis. L'été, ils traversent des champs de blé sans laisser de traces. Les maigres sont discrets.

Ce sont les seuls hommes que les femmes peuvent prendre dans leurs bras. Les seuls aussi qui ont du mal à les porter dans les leurs. Mais Dieu merci, certaines d'entre elles leur pardonnent.

Les maigres ont souvent une tête dont on se demande comment elle tient en haut de ce cou de poulet, qui dépasse de celle des autres. Sur les photos de famille, ils sont souvent au fond, derrière l'oncle Paul. Leurs bras pendent le long de leur corps, et quand ils se grattent le crâne, ils ne sont pas sans rappeler leurs lointains aïeuls, les gibbons. Ce sont les seuls êtres humains dont on est sûr qu'ils descendent du singe. Les gros, eux, sont plus cousins, même si c'est à la mode de Bretagne, des otaries, ou des lions de mer. Ce qui n'est pas plus déshonorant.

Le maigre a des jambes sèches et longues avec une boule osseuse : le genou, qui s'impose à l'œil et se situe exactement à mi-distance entre la cheville et l'aine. Observez les jambes d'un maigre, vous ne verrez que ses genoux.

Son ventre est creux, sa fesse triste, ses épaules en forme de portemanteau, ses pectoraux dégoulinent, il pisse entre parenthèses et on ne lui demande jamais de radio pour vérifier l'état de ses côtes.

Le maigre sait mieux que quiconque qu'il est maigre. D'abord parce qu'on le lui rappelle souvent : « Dis donc, qu'est-ce que t'es maigre ! » Ensuite parce qu'à chaque fois qu'il se croise dans une glace, il se dit : « Dis donc, qu'est-ce que je suis maigre. » Lorsqu'il s'assoit sur une chaise en bois, il se sent inconfortable, et quand il se cogne, il se fait mal. On parle ouvertement de sa maigreur devant lui, ce que l'on fait plus rarement avec le gros. Le gros, on n'ose pas lui dire qu'il est gros. Le gros, on le comprend. Tout le monde a, tôt ou tard dans sa vie, besoin de perdre du poids. Plus rares sont ceux qui ont à en prendre.

Le maigre est le désespoir des nutritionnistes. Si après des mois d'un régime draconien il parvient à s'alourdir de deux kilos, il les perd dès qu'il reprend ses habitudes alimentaires. Le maigre est une impressionnante machine à digérer, il peut bouffer n'importe quoi, s'empiffrer de tête de veau, se goinfrer de pudding, s'évanouir dans la purée de pois cassés, se faire des orgies de pâtisseries, il ne prendra pas un gramme et cinq heures après un copieux repas, il aura faim.

On regarde toujours un maigre d'un œil méfiant. La maigreur renvoie à la maladie, à la mort. Il arrive que le maigre dégoûte. Mais le maigre est endurant et s'il ne fume pas et boit avec modération, il peut, parfois, devenir un très bon sportif. Il n'est pas rare que sous son pull trop grand pour lui, une musculature sèche mais élancée surprenne celle qui le déshabille.

Évidemment, derrière un maigre se cache rarement un lutteur de sumo ou un haltérophile, mais ces gens-là ne sont pas forcément des faiblards. Qu'on se le tienne pour dit, parce qu'ils ont la peau sur les os, les maigres ont la peau dure.

Envie

Moi, le mou ça m'emmerde, la petite mélodie, ça m'ennuie. Avec moi, faut que ça cogne, que ça pète à la Wagner, que ça soit fort, faut que je baffre, que je m'en mette jusque-là. Eh ben, avec les filles c'est pareil. Moi, la dragouille qui traînasse, un pas en avant deux pas en arrière, tout ça, on s'appelle on se prend un café, ça me laisse froid. Je ne comprends pas les gens qui ont besoin de se jauger, de se tourner autour, de se renifler le cul pendant des semaines. Avec moi, faut se donner à fond, sans chichi, sans pudeur, avec l'envie, putain, l'envie ! Les gens qui donnent au compte-gouttes, je ne comprends pas. Ça ne m'intéresse pas, ça me fait piquer du nez. Moi, je préfère une fille que je ne vois qu'une fois par mois mais, quand elle me voit, bouffe son poulet à pleines dents, boit jusqu'à plus soif, me saute dessus et me fait valser les fringues, et reboit un bon coup d'une traite avant de jerker à poil sur mon lit et me ressaute dessus et papote jusqu'à s'endormir au milieu d'une phrase à huit heures du mat, je la préfère à celle qui va me proposer un petit caoua entre deux rendez-vous ou passer me claquer une bise sur les coups des huit heures juste avant d'enquiller sur autre chose, ou qui me donne un petit coup de bigo en allant se faire épiler le maillot et re un petit coup de bigo en achetant ses brocolis, genre je pense à toi tout le temps. Je m'en fous, moi, qu'elle pense à moi, la fille, ce que je veux, moi, c'est que quand elle vient me voir, elle ait envie, bordel, envie de me voir, envie de moi, envie d'être là, avec moi, mais vraiment envie, une envie qui se voit sur son visage tout en entier parce que moi, ce que j'aime par-dessus tout, c'est ça, c'est avoir envie.

Je ne connais rien de plus vivant que l'envie, on dira ce qu'on voudra, mais il n'y a rien de plus vivant que quand on a le désir qui frétille, que quand on désire à trépigner sur place, que quand on n'en peut plus de se palper les corps, ou même que quand on n'en peut juste plus d'être avec quelqu'un, qu'on attendait ça depuis longtemps, et que ce moment-là, rien au monde ne pourra l'abîmer. Alors les sentiments, le feeling, d'accord, m'enfin, c'est quand même en dessous, les trucs en commun, les esprits qui se rencontrent, les signaux lumineux, tout ça, oui, ça compte, d'accord, je ne dis pas, mais s'il n'y a pas l'envie au-dessus de ça, c'est mou, c'est fade.

Des filles avec qui je m'entends bien, j'en trouve treize à la douzaine, des filles qui me font marrer ou qui m'intéressent aussi, mais des filles avec qui j'ai envie, c'est quand même plus rare. Le problème avec l'envie, c'est que tu te montres dans ce que tu as de plus à poil, dans ce que t'as de plus à toi, alors c'est risqué, c'est sûr, parce que la fille, elle est peut-être pas accordée comme toi, et là elle te regarde avec ton envie qui l'encombre et qui lui fait croire que t'es fou d'amour, alors que t'es juste fou d'envie, que t'as juste envie de vivre le moment sans calculer, sans faire des petits totaux sur ce que ça veut dire ou ce que ça représente, et que ton truc à toi, c'est de prendre ce moment comme tu prends un bain de minuit, à courir à poil sur la plage en criant comme un con et te jeter dans l'eau noire sans te demander si tu vas te prendre un rocher.

Mais les gens, avec l'amour, je ne sais pas, je les trouve super-prudents, pas que les filles, hein, les gens. C'est marrant, comme s'ils ne pensaient qu'à ce qui peut faire mal et pas qu'à ce qui peut faire du bien. Même si c'est un bien qui ne dure qu'une nuit. Une nuit ou vingt ans, qu'est-ce que ça peut foutre. Si cette nuit, elle t'en raconte autant que peut t'en raconter la Bible, moi je prends. Ou même qu'un bout, ou même qu'une page, ou trois lignes, je prends. De toute façon, je prends tout, je me dis que c'est toujours bon à prendre. Même quand ça ne cogne pas, je prends, ça me permet de tenir jusqu'à ce que ça cogne. Et puis bon, si je devais m'en tenir qu'à ce qui cogne, ce serait invivable, je ne tiendrais pas, c'est tellement rare. Alors je fais des concessions, mais bon, franchement…

Je ne sais pas pourquoi

Je ne sais pas qui est cette fille. Je ne sais pas pourquoi elle a passé une nuit avec moi. Je ne sais pas pourquoi je me retrouve avec elle à boire un café. Je ne sais pas pourquoi elle me parle de son mec et de sa difficulté à le quitter. Je ne sais pas pourquoi elle m'explique qu'elle ne se reconnaît pas elle-même et qu'elle ne comprend pas ce qui la retient de rester avec lui. Je ne comprends pas pourquoi elle tient à m'expliquer qu'elle n'est pas « comme ça », qu'elle n'est pas du genre à tromper l'homme avec qui elle est. Je ne comprends pas pourquoi elle me ment. Je ne lui ai rien demandé, moi. Je ne comprends pas pourquoi elle me ment, pourquoi elle se ment, pourquoi elle lui ment. Je sens simplement que les mots qu'elle prononce n'ont aucun sens, ni pour moi ni pour elle. Elle parle mais ça n'a pas de sens. Ça fait un bon quart d'heure qu'elle parle, je n'ai pas dit un mot, parfois je hoche la tête ou je fais mmhmm, ou une expression qui approuve ce qu'elle dit. Je crois vraiment qu'elle pense que je m'intéresse à ce qu'elle me dit, pourtant ça me paraît évident que ça ne m'intéresse pas, je ne comprends pas qu'elle ne s'en aperçoive pas.

Sur la place qui est derrière elle, il y a des arbres et dans l'un d'entre eux il y a un merle. Dès que son regard se détourne du mien, j'en profite pour regarder le merle. Elle ne s'en rend pas compte, que je m'intéresse plus à ce merle qu'à ce qu'elle me raconte. Il arrivera bien un moment où il va falloir que je me lève et que je parte. Je ne vais quand même pas rester ici une heure à l'écouter. Je crois que le mieux, c'est de partir sans rien dire. De se lever et de partir. Comme ça. Sans rien dire. C'est ce que je vais faire. Je vais me lever, je vais sortir une pièce pour payer mon café, me glisser entre les tables et partir. Elle va me regarder un peu surprise et me dire, ça t'ennuie ce que je te dis ? ou un truc du genre, et je ne répondrai pas, et surtout, le plus important, ce sera que mon visage n'ait aucune expression, il faudra qu'il n'exprime rien. Absolument rien. Le merle a changé de branche. C'est le moment.

Passé

Je marche seul dans ce désert de rocaille. Mes chaussures me tiennent bien les chevilles et mes pieds sont à l'abri des nombreuses imperfections de ce sol rugueux. Un vent violent souffle par bourrasques intermittentes, mais je suis plus fort que ces mains invisibles qui me dissuadent d'avancer. Il me faut encore parcourir une bonne centaine de mètres avant d'atteindre le ravin. J'entends déjà la mer se cogner contre les rochers.

Je déteste le vent et cet endroit est dangereux. Je pourrais facilement trébucher et me fracasser le crâne sur la roche, ou me briser une jambe. Si j'étais blessé, personne ne me trouverait avant de longs jours. Mais j'avance comme un type capable de traverser un pays en guerre pour constater que sa maison n'a pas péri sous les obus.

Arrivé au bout du cap, je m'accroupis et je regarde La Rata, ce minuscule îlot en forme de rat que jamais personne n'a pu accoster tant la mer qui l'entoure est dangereuse. Les mouettes planent au-dessus de lui, elles ne luttent pas.

J'allume tant bien que mal une cigarette et calmement, aspire une grande bouffée devant ce paysage qui n'inspire rien d'autre que de la terreur. Il n'y a ici que de la pierre et du vent. Et une mer hostile.

Je suis venu pour la première fois au cap vers vingt ans. Je m'y revois sautant comme un cabri d'un rocher à l'autre avec pour seule ambition de me vautrer dans la vie. J'avais cette même silhouette dégingandée de grand dépendeur d'andouilles, un peu plus de cheveux et beaucoup moins d'insomnies. Je n'étais révolté contre rien. Je parlais peu et souriais souvent. J'avais des secrets que je ne prenais pas encore pour des blessures. J'avais encore confiance. Devant les emmerdes, j'étais du genre à me dire que tout allait s'arranger. Je lisais Dostoïevski et Kawabata, écoutais les Violent Femmes, buvais du mauvais vin et tombais amoureux d'une paire de fesses ou d'un sourire. Je pensais beaucoup et ne réfléchissais pas souvent. J'avais des convictions. De la fatuité aussi.

Passé

Pour la première fois de ma vie, mon passé me surprend. J'ai envie de parler en silence. De me parler. J'ai envie que ce jeune type qui ne sait pas ce qui l'attend mais qui porte son sourire comme un laissez-passer s'avance vers moi. J'aimerais le voir arriver vers moi avec mes vingt ans de moins, s'asseoir à mes côtés, me sourire timidement, mettre ses mains dans ses poches et garder le silence. J'aimerais que ce jeune type avec mes vingt ans de moins ne me juge pas. J'aimerais qu'il me pardonne de l'avoir trahi.

Mots doux

J'ai horreur des mots doux. Pour moi, c'est comme si on me tendait un bonbon après l'avoir mis dans sa bouche, je trouve ça collant. Les types qui me lancent des regards Walt Disney en me disant que je suis jolie ou je ne sais quoi, ils font jamais long feu avec moi. C'est pas que je sois dure, mais j'arrive jamais à les croire. Moi, j'aime qu'on me drague de front, quand on me drague en biais ça me fait fuir. Faut pas m'offrir des fleurs, faut me dire qu'on a envie de moi, qu'on a envie de me baiser. Après, tout ce qu'ils veulent. S'ils trouvent que j'ai un regard de biche et que ça les rend un peu mielleux, je peux l'admettre, mais avant, franchement, ça me coupe toute envie. Avec moi c'est après que tout se passe, jamais avant, mais il faut y passer. C'est pas d'abord les mots et après le corps, c'est l'inverse. Les corps, ça ment pas, ça cache rien. La façon dont il bouge, comment il se tend, se contracte, se love, se raidit, se donne ou se méfie, tout ça pour moi ça a un sens, tout ça c'est du vrai. Pour connaître un homme, j'ai besoin de coucher avec lui, je sais tout de suite le lire, je me suis jamais trompée. Je suis une experte. Après j'écoute leur baratin et je me marre doucement. Je les regarde avec leurs airs inspirés essayer de combler les failles. Et ça papote et ça papote et ça raconte je ne sais quoi et ça se justifie, alors que j'ai déjà tout repéré, que j'ai tout vu, que je les ai vus comme on voit un paysage.

Un paysage, tu peux te raconter tout ce que tu veux, ça bluffe pas. Quand c'est beau, c'est beau, quand c'est moche, c'est moche. Un paysage, ça parle pas, c'est brut, ça se présente et tu ressens ou tu ressens pas. Eh ben, les hommes, je les prends comme ça. Pour savoir à qui j'ai affaire, il faut que je les voie au-dessus de moi. De là, je les vois vraiment. Tout nus. Et savoir comment ils vont s'en sortir avec leur plaisir. C'est après que j'aime bien les écouter. Une fois que je les ai vus à l'œuvre. Ça me touche, ça m'attendrit de voir comment ils s'embourbent ou comment, mine de rien, ils parlent de n'importe quoi, ou comment ils me caressent ou planquent leur bite sous les draps, ou comment presque ils s'excusent d'aimer ceci ou cela, de m'avoir joui dans la bouche ou de m'avoir prise par-derrière. Moi, un homme, c'est après qu'il peut me toucher, jamais avant. Là oui. Après oui. Je me suis fait avoir plus d'une fois avec ça.

Terre de Feu

Avec mon frère, quand j'étais gosse, on rêvait d'aller en Terre de Feu. Nous ne savions pas grand-chose de cette région hostile, simplement qu'elle finissait au bout de la virgule du continent américain. Mais « Terre de Feu », dans nos petites têtes de Français, ça sonnait comme quelque chose d'inaccessible, de si lointain que nous étions sûrs de nous y creuser des rides. Nous voulions aller là-bas uniquement pour en revenir, comme s'il fallait atteindre le bout du monde pour devenir un homme.

Je me souviens qu'outre les phoques, les pêcheurs, la Pampa et la mer dangereuse, nous parlions beaucoup de barbe. Nous rêvions que le poil nous pousse au menton, un poil dru à en poncer du chêne. Sous nos draps, le soir, nous évoquions nos aventures et les terribles difficultés que nous devrions affronter. Se raser à l'eau froide, par exemple, avec un coupe-choux tels ceux que l'on voyait dans les westerns. Ou ne dormir que d'un seul œil et se méfier des brigands et des voleurs de chevaux. Car évidemment, nous faisions tout cela à cheval, et avec des ceintures de gauchos, en cuir épais et ornées de pièces d'argent.

Je suis assez fier d'avoir eu ces rêves à cet âge-là, mais aujourd'hui, j'ai l'intuition que pour un type comme moi, y a rien à foutre en Terre de Feu.

Dernier mail

2 mars

Mon chéri,

Ce que j'ai à te dire n'est pas facile à écrire et ne l'est pas plus à lire.

J'ai passé avec toi les années les plus belles de ma vie. Jusqu'à la fin de mes jours, je me souviendrai de toi et de notre passion. Tu as été la personne la plus importante de ma vie pendant quatre ans. Je ne regrette absolument rien, même si parfois, j'avoue avoir souffert de ton absence et de ton égoïsme. Tu ne t'es pas rendu compte que souvent, quand j'avais besoin de toi, tu n'étais pas là pour me soutenir, pour m'aider. Je ne t'en veux pas. Avec le recul, je te comprends. Je sais, maintenant, quels sacrifices tu as dû faire pour monter ta société.

Nous nous sommes énormément aimés, mais avec le temps, cet amour s'est fané. Je suis lasse que tu rentres à neuf ou dix heures tous les soirs, épuisé, tout juste bon à te mettre au lit, ou que tu m'appelles du bureau pour me demander s'il y a quelque chose à manger. J'ai l'impression que l'on ne se voit plus, que nous sommes devenus transparents l'un pour l'autre. J'ai besoin d'être surprise constamment, j'ai besoin de changement, de découvrir des choses, de changer de vie.

Bien sûr, j'ai beaucoup appris avec toi, tu m'as fait mûrir, et j'espère que moi aussi je t'ai apporté quelque chose. Mais maintenant, j'ai l'impression que nous n'avons plus rien à nous donner. Crois-moi, il faut savoir partir. Il ne faut jamais forcer l'amour.

Ne m'en veux pas, je t'adore, et je t'adorerai toujours car tu es quelqu'un d'exceptionnel, mais je ne t'aime plus.

Je t'embrasse tendrement.

Agnès

PS : Tu peux me joindre ou m'écrire chez Laurence.

5 mars

Mon Agnès chérie,

J'avoue que ton mail m'a bouleversé. Je sentais bien, depuis deux ou trois mois, que quelque chose n'allait pas. Pourquoi ne m'en as-tu pas parlé ? Nous aurions peut-être pu trouver une solution. J'ai toujours pensé que ton principal défaut était de ne jamais t'exprimer quand tu es confrontée à un problème. Le dialogue permet de trouver des solutions.

Je ne comprends pas ce qui t'arrive. Il y a encore deux semaines, tu me soutenais que tu m'aimais. Je me souviendrai toujours de ce que tu m'as dit un jour dans la cuisine : « S'il y a une chose dont je suis certaine, c'est que tu es l'homme de ma vie. » Je t'ai cru.

Je pense que nous traversons une crise comme en traversent tous les couples. C'est normal. Je comprends que tu aies besoin de prendre un peu le large, de te retrouver pour mieux nous retrouver. Prends tout ton temps. Je saurai être patient. N'oublie pas ce que nous nous sommes promis, un soir, à Avignon.

Je t'embrasse, je t'aime

Armand

9 mars

Mon cher Armand,

Peut-être me suis-je mal exprimée. J'ai l'impression en lisant ton mail que tu n'as pas compris. Je te quitte et même si cela est difficile pour nous deux, ma décision est irrévocable.

Je sais, je t'ai dit que je t'aimais et que tu étais l'homme de ma vie. Quand je te le disais, je le pensais vraiment. Je me suis trompée. Cela arrive à tout le monde. Peut-être que cela t'arrivera un jour. Peut-être que tu aimeras une femme et que quelques années plus tard, tu ne l'aimeras plus. Ce jour-là tu comprendras ce que je ressens.

Tu me connais trop. Il faut que tu saches que les femmes ont besoin de mystère, de désirer et d'être désirées. Elles ont besoin d'être étonnées. Tu ne m'étonnes plus, je ne te désire plus et je ne comprends pas comment tu peux encore me désirer. J'ai pris sept kilos depuis que je suis avec toi, je ne me trouve plus désirable, et pour moi, c'est intolérable.

Comprends-moi, j'ai vraiment besoin de vivre autre chose.

Je t'embrasse.

Agnès

11 mars

Agnès,

Effectivement je crois ne pas avoir tout compris. Mais ce que je ne comprends pas, c'est comment on peut dire à quelqu'un avec qui on vit depuis quatre ans qu'on l'aime, puis quinze jours après, brutalement, qu'on ne l'aime plus. Tu essayes de cacher ton égoïsme derrière une banalité. Non, tout le monde ne se trompe pas. Seules les petites midinettes qui ne savent pas ce qu'elles veulent se trompent. Je croyais que tu étais d'une autre trempe.

En ce qui concerne l'étonnement et le désir, je pense qu'une femme mûre et responsable sait rester désirable aux yeux de son mari ou de l'homme avec lequel elle vit. Si tu n'es pas capable d'assumer la vie de couple au quotidien, il fallait t'en rendre compte avant et ne pas me mentir comme tu l'as fait pendant toutes ces années.

Quant à tes kilos en trop, tu n'avais qu'à faire un peu de gym, comme Laurence te l'avait proposé, et cesser de t'empiffrer de hamburgers.

Bonne chance pour ta nouvelle vie.

Armand

13 mars

Armand

Avec toi, personne n'a droit à l'erreur. Tu es constamment persuadé d'avoir raison et tu ne veux jamais écouter ce que les autres te disent. Tu es un donneur de leçons et je ne peux plus supporter ta prétention. Tu ne doutes jamais de toi. Tu devrais parfois remettre en question ce que tu vis et ce que tu fais, à commencer par la façon dont tu fais l'amour.

Si je suis une midinette, dis-toi que tu es un pauvre type.

Agnès

14 mars

Petite gourde,

Je ne suis pas constamment persuadé d'avoir raison, par contre je pense que tu as souvent tort. Et si vraiment ma façon de faire l'amour ne te satisfaisait pas, peut-être pourras-tu m'expliquer pourquoi nous avons continué à baiser jusqu'à une semaine avant ton départ.

Va donc te faire tringler ailleurs.

Armand

16 mars

Pauvre mec,

Je n'ai pas attendu tes conseils pour « me faire tringler ailleurs ». J'ai l'honneur de t'annoncer que je suis maintenant avec Aurélien et, crois-moi, jamais je n'aurais imaginé atteindre de tels sommets de jouissance.

Tu es une fiente malodorante et je ne veux plus jamais te revoir.

Agnès

17 mars

Moi non plus, je ne veux plus jamais te revoir. Je suis fatigué des petites pétasses décervelées qui ont le feu au cul et draguent tout ce qui passe comme on se lave les dents. Par hygiène.

Armand

18 mars

Pauvre connard, je ne pensais pas que tu en arriverais là. Tu ne m'inspires plus que du mépris.

Agnès

19 mars

Et moi, c'est du dégoût que tu m'inspires, petite putain avariée.

20 mars

Crève, espèce d'enculé.

21 mars

Salope.

Arnaque

Vous, les écrivains, vous êtes une belle bande d'arnaqueurs. Ah ça, tu m'as bien embobinée avec tes bouquins. Ah ça, pour écrire des jolies choses t'es le premier, mais pour les vivre, y a plus personne. Ça oui, pour faire des jolies phrases t'es en tête de peloton, je reconnais que t'es bien placé, mais pour ce qui est du quotidien, permets-moi de te dire que t'es franchement à la traîne. T'es même carrément nul. Faut pas croire tout ce qu'il écrit, madame, croyez-moi, je vis avec lui, faut pas croire UN mot de ce qu'il écrit. Ce type-là n'a jamais foutu les pieds sur les îles Sakhaline, ni au Japon, ni à Caracas, c'est un pantouflard, un vrai, pour partir en vacances trois jours, faut négocier deux mois. Les armes à feu, il connaît pas, si ses personnages savent les démonter dans le noir, lui il n'en a jamais vu, ce serait même du genre à se tirer une balle dans le pied avec. Quant à ses héros capables de fabriquer des centrales nucléaires avec une capsule de Sprite et deux bouts de fils de fer, là aussi c'est de la flûte, il sait rien faire de ses dix doigts, lui mettez pas un casse-noix entre les mains, il serait foutu de se pincer. Et les sentiments, ah ! t'en as fait, soupirer des femmes avec tes pages écrites bien comme il faut, ah oui, les lectrices, tu sais aller les chercher, tu sais les cueillir, mais moi je peux me brosser ! Bon et puis les scènes d'amour, je préfère pas m'étendre, je voudrais pas blesser. Non, non, un vrai tocard, je vous dis. De la pure arnaque.

Infirmeries

Elle avait l'air sévère et parlait des hommes comme si nous étions tous des salauds, comme si nous étions sur terre uniquement pour emmerder les femmes. Ses propos paraissaient d'autant plus âpres que sa voix était aussi douce qu'un verre de lait tiède. Elle parlait doucement et manifestement, elle avait beaucoup de choses à dire sur les hommes.

À un moment, j'ai fait tomber mon briquet pour vérifier si elle avait du poil aux jambes, mais rien du tout. Ses tibias étaient plus polis que du marbre. J'ai ramassé mon briquet et j'ai observé ses poignets, ses mains et ses doigts cerclés de bagues touaregs. Malgré les inepties qu'elle disait, elle était gracieuse. J'aurais volontiers fait tourner sept fois ma langue dans sa bouche pour qu'elle la ferme.

Alors j'ai fait un effort pour ne plus l'écouter. Je me suis concentré sur ses lèvres, sa peau, sa mâchoire à la Deborah Kerr, sur ses cheveux bouclés et sur son regard noir et perçant. Évidemment, je ne pouvais m'empêcher d'entendre de temps en temps ce qu'elle racontait. Manifestement elle n'était pas souvent tombée sur le bon numéro. À croire même qu'elle promenait avec elle une poisse indécrottable. Mais je me moquais de comprendre ce qu'elle reprochait aux hommes, ses aigreurs et ses souffrances m'étaient totalement insensibles, elle pouvait avoir vécu les pires horreurs, cela m'était complètement égal. Tout ce que je voyais, c'est que j'avais en face de moi une femme que je trouvais terriblement belle. Belle mais inaccessible. Elle semblait si loin du désir qu'elle ne ressemblait plus qu'à une jolie carcasse.

Puis elle eut cette phrase : « Je serai toujours dans le camp des femmes. »

Si j'avais été armé ce jour-là, je crois que j'aurais calmement sorti mon revolver de ma poche, et je le lui aurais tendu. Mais je n'étais pas armé, et, comme un éternuement que l'on ne peut contenir, je me suis entendu dire : « En amour, il n'y a pas de camp, il n'y a que des infirmeries. »

Elle m'a regardé comme on jette un œil à un chien qui lève la patte près de vous (je n'en suis pas sûr, mais il me semble avoir entendu : « Ta gueule »), puis elle a continué de vomir sur les hommes…

Seule

Alors voilà, ÇA Y EST ! Enfin seule ! Parti, le julot. Il en aura mis du temps à décaniller, celui-là. J'en pouvais plus de l'avoir dans les pattes. Maintenant c'est décidé, pas un mec pendant au moins six mois. En jachère, je me mets. Je ne veux pas en voir le bout d'un. Me retrouver, me rassembler. Ça me disperse, d'être toujours avec un mec. Et du coup, maintenant, je ne sais plus où j'en suis. Ça fait tellement de bien, d'être seule. Mais qu'est-ce que ça fait du bien. Ah, lala!, alors là, vraiment je savoure. Seule, putain, seule. Toute seule chez moi, dans toutes les pièces, que moi. Dans la chambre, que moi. Dans la cuisine, que moi. Dans la salle de bains, que moi. Dans le salon, que moi. Eh ben, dans la glace, là, c'est qui ? C'est moi. Bonjour moi, ça va ? Ouais, pas mal et toi ? Super, mais alors super, super, super, bien. Depuis que je suis seule, ici c'est super-zen Bouddha. Et c'est pour qui, ce petit DVD de Demy ? Ben c'est pour moi, pour moi toute seule. Attends, j'ai pas rêvé là ? J'ai pas entendu une voix de mec pour me dire que c'est complètement tarte ? J'ai rêvé ? Eh ben, non, j'ai pas rêvé, je suis bien toute seule pour mater mon film. Et le filet de saumon grillé, c'est qui, qui va se manger son petit filet de saumon grillé toute seule ? C'est bibi ! Et mon pull-si-moche ? Il est où ? Eh ben, t'es là, toi ? Viens là, mon coco, viens que je t'enfile. Alors, ça fait quoi de prendre un peu l'air ? T'es moche, hein, t'es vraiment moche mais je t'aime bien quand même. Et le lit ? Putain le lit ! Toute seule dans le lit. Le lit pour moi toute seule. Pouvoir s'étaler un petit peu par là, et puis revenir de ce côté, et puis tiens je vais peut-être me mettre par là, finalement. Ça ne t'ennuie pas que je garde mes chaussettes ? Ce soir, je ne sais pas pourquoi j'ai envie de dormir en chaussettes. Et je vais même m'offrir une petite branlette. Pas que j'en aie vraiment envie, mais c'est juste pour fêter ça, juste pour me faire un petit cadeau, un petit plaisir rien que pour moi. Comme on s'offre une glace en rentrant de la plage.

Le type de mes rêves

Mon problème, c'est que je rêve d'être un type comme on en rêve. Et je ne sais pas pourquoi, mais la réalité ne suit pas. Du coup, tous les matins, quand je me lève et que je me regarde dans la glace, j'espère tomber sur ce type de rêve. Et sur qui je tombe ? Moi ! J'ai toujours l'espoir, je me lève comme un gosse le jour de Noël, je me dis c'est pour aujourd'hui, mais rien à faire, c'est toujours moi. J'ai essayé de ruser en faisant des trucs extraordinaires. J'ai traversé le Kalahari avec des palmes aux pieds pour démontrer que l'homme était capable de faire des choses prodigieuses. J'ai fait des trucs que la plupart des gens ne font pas, même héros une fois, en sauvant des gosses de la noyade avec les caméras du vingt heures,

Le type de mes rêves

interviews et tout. J'ai eu du succès et j'ai séduit plein de jolies femmes, eh ben, malgré ça, tous les matins, c'est ma pomme que je vois dans la glace, aucun changement, pas de type de mes rêves. Le type de mes rêves, il est comme moi mais en mieux, je veux dire, sans les défauts et toutes les faiblesses que je me coltine. Mais en tellement mieux que, du coup, ce n'est plus moi. Il est trop loin de moi. Ça doit être pour ça qu'on ne se trouve pas, qu'on ne se rencontre pas. Trop loin de moi, on n'a aucune chance de se croiser.

Zigouillé tout le monde

Tout le monde, j'ai tué tout le monde, papa, maman, la frangine, le petit frère, tout le monde, y a plus que moi. Voilà, fini la famille, terminé, souvenirs. Ça m'a soulagé, de voir tous ces cadavres allongés les uns à côté des autres, ça m'a rempli de quiétude, je me suis senti comme parcouru par une espèce de tranquillité cosmique, tu vois, quelque chose de vaste et de léger. C'est pas rien, quand même, de tuer toute sa famille, tu reconnaîtras, c'est pas un truc anodin, eh ben malgré ça, toi, toi qui partages ma vie depuis des années, il faut que tu me proposes d'avoir un enfant. Sincèrement, là, ça me dépasse. Je ne comprends pas que tu ne comprennes pas.

Ce que je dis, quand je zigouille toute ma famille, c'est qu'il est temps de faire un break dans les névroses familiales. Il est temps de se poser un peu, de se rassembler, de se recentrer. Et toi, qu'est-ce que tu me proposes ? Un enfant ! Je me donne un mal de chien pour qu'on souffle un peu et toi, non, tu ne comprends pas, tu n'entends pas, tu ne vois pas. Tu admettras que c'est un peu vexant. En tuant, je crée de l'espace, moi, madame, de l'espace pour les étirements, l'épanouissement, le tai-chi. J'ai pas flingué quatre personnes pour en mettre au monde une cinquième. Alors que ce soit clair et définitif, un enfant, c'est non ! N'en parlons plus.

Toutes

Écoute, tu es mon meilleur ami et je ne vais pas me la jouer avec toi. En matière de femmes et de sexualité, j'ai tout connu. Des blondes, des brunes, des rousses, des teintées au henné, des colorées, des peroxydées, petites, grandes, grosses, maigres, plates, siliconées, noires, beurettes, bridées, tout… Tahitiennes, et même ouzbek, si si. Des gros culs, des fesses tristes, des hanches en violoncelle, des androgynes, j'ai tout vu, je te dis. J'ai connu des tigresses, des hyènes, des bécasses, des ronronneuses, des chouineuses, des pestes, des cent pour cent pures salopes, des princesses, des malignes, des gourdes, des futées, des douces, des casse-couilles, des gentilles, des intellos, des hurleuses, des avec qui pendant l'amour tu pouvais lire du Hegel dans le texte tellement il se passait rien, des « mange-moi », des coquines, des sensuelles, des marrantes, tout, j'ai tout connu, mais franchement, des comme ta mère, jamais. Faut prendre ça comme un compliment, tu sais.

Gamberge

Tu gamberges. Tu regardes ta vie. Ça ne colle pas. Alors tu déprimes. Combien de vies ratées pour une vie réussie ? C'est quoi, les proportions ? Qu'est-ce que j'ai mal fait pour en arriver là ? C'est quand, que j'ai merdé ? J'ai encore le temps de me rattraper ? Combien de chances il me reste pour m'en sortir pas trop mal ? Elle peut encore changer, ma vie ? Je ne suis pas fait pour cette vie-là ? Ça se change, une vie ? Je veux dire, ça se change vraiment ? C'est quoi, le problème ? C'est ma névrose ? Comment on fait pour tordre une névrose ? J'ai mangé mon pain blanc, alors ? Je l'ai mangé sans m'en rendre compte, c'est ça ? Je vais encore ramer longtemps comme ça ? C'est encore loin, l'Amérique ? Est-ce qu'un jour moi aussi je mâchouillerai un brin d'herbe sous un saule en me disant que la vie est belle? Qu'elle est sacrement belle? Faut que j'arrête de gamberger, c'est pas bon.

Sudoku

« Qu'est-ce que tu fais ?
— Un sudoku.
— T'arrives à faire ces trucs-là, toi ?
— Oui, ça fait passer le temps.
— Faut vraiment manquer de vie intérieure pour s'amuser avec des chiffres.
— Ah oui ? Et c'est quoi, ta vie intérieure ?
— C'est mes rêves, ma vie intérieure. Mes rêves et mes réflexions.
— Et je peux savoir en quoi rêvasser c'est mieux que de faire des sudokus ?
— C'est plus vaste. Ça tente l'élévation. Et on dira ce qu'on voudra mais les rêves, c'est plus ambitieux que les totaux.
— On peut pas dire qu'ils t'ont emmené bien loin, tes rêves.
— Ne te sens pas obligée d'être blessante… Tu les comprends pas, mes rêves. Ils sont modernes. »

Vieux

J'ai cinquante-trois ans, et je n'ai plus de femme et pas d'enfant. Je n'en aurai pas. C'est un peu tard pour y penser mais ce qui me fait peur, c'est de finir vieux et seul. Seul dans un appartement ordonné et propre où je serai obligé d'arrêter les horloges parce qu'il n'y a rien de plus sinistre que le mécanisme d'une horloge. Un appartement bourgeois et silencieux avec parquet à point de Hongrie. Un appartement où viendra une femme de ménage deux fois par semaine pour repasser mes chemises, passer l'aspirateur et me préparer un petit plat de temps en temps, un petit plat pour moi tout seul. Je serai un vieux monsieur propre et élégant, avec les ongles faits. Un vieux monsieur avec des commodes Louis XV et une grande bibliothèque remplie de romans, de poésie et de livres d'art. Un vieux monsieur dont le téléphone ne sonnera qu'une fois ou deux par semaine. Un vieux monsieur qui aura fait son temps et qui s'emmerde.

Aujourd'hui je suis encore dans le circuit parce qu'il faut compter avec moi dans les affaires d'œuvres d'art. Je suis un incontournable du préraphaélisme. Si vous cherchez du Burne-Jones, du Everett Millais ou du Holman Hunt, c'est moi qu'il faut venir voir, c'est ma spécialité. On vient de loin pour me consulter, mais dans quinze ou vingt ans on ne me demandera plus mon avis, on s'adressera à ceux qui auront repris le flambeau.

Ce qui me fait peur, c'est de finir seul au milieu de jolies choses, comme ces élégants vieux pédés.

Si elle pouvait

Si elle pouvait me reprendre tout ce qu'elle m'a dit pendant trois ans, elle le ferait. Si elle pouvait me reprendre le bonheur, la tendresse, la complicité, les fous rires, le sexe, elle le ferait. Je la dégoûte. Elle se dégoûte en me voyant. De se dire que pendant toutes ces années elle m'a montré le plus profond d'elle-même, ça la dégoûte. Que j'aie pu voir son intimité la plus enfouie, ça lui donne des haut-le-cœur. Si elle pouvait me faire oublier le visage qu'elle prend quand elle jouit, elle le ferait.

Projection

Je ne peux pas m'empêcher, au premier regard je projette. Aux premiers mots, je projette. Au premier coup de fil, je projette. Au premier rendez-vous, je projette. Au premier baiser, je projette. À la première nuit, je projette. J'envoie toujours le plus loin possible ce qui m'arrive. Comme pour me préserver, comme pour m'assurer que je vais vivre tant de temps tranquille, à l'abri, protégée, préservée de l'ennui, de moi-même et de cet emmerdement chronique qui me vibre dessus comme une onde. Parce que ça sert à ça, l'amour, à m'oublier, à ne plus m'entendre, à ne plus m'écouter, à ne plus me demander ce que je fous là à poursuivre une vie que j'ai un mal de chien à supporter toute seule. Ça sert à me remplir de quelqu'un d'autre que moi-même. Ça sert à me reposer de moi-même, l'amour.

Ce qu'elle me trouve

Ma femme aime pas ce que je fais. Elle aime pas mes livres. Elle me l'a dit franchement. Elle pinaille toujours sur l'absence de mes négations, sur des adverbes qu'elle trouve trop ceci ou pas assez cela, sur des tournures de phrases ou sur mon rythme. Elle aime pas mon style, quoi. Et puis mes histoires, elle les trouve sinistres. Elle dit qu'elles sont trop ordinaires. Elle me dit qu'elle lit pas des livres pour assister à la vie de ses voisins. Pourtant j'ai mon petit succès, j'ai écrit onze livres, j'ai jamais fait des grosses ventes, j'ai jamais vraiment gagné d'argent avec ça, mais bon, je publie toujours, dans le milieu on sait qui je suis.

J'ai commencé à écrire pour épater les filles, c'est beaucoup plus efficace qu'on le croit, moins que chanteur mais quand même. Ensuite j'ai carrément écrit des livres pour des femmes avec dédicace et tout. Emballées, les femmes, les trois pour qui j'ai fait ça. Alors pour ma femme j'ai fait pareil. Un jour je suis venu chez elle et je lui ai tendu un manuscrit.

« Tiens, le mois dernier j'ai écrit ça pour toi, j'ai mis vingt-sept jours et vingt-sept nuits, je l'ai écrit en pensant à toi. »

Elle l'a lu et me l'a rendu bourré d'annotations. Des phrases carrément réécrites, des « mouais », des « pas d'accord », des « mal dit » ou « je ne dirais pas ça comme ça », des « oh non ! », ou « pas drôle »... partout, à pratiquement toutes les pages. Ça m'a complètement scié. Après ça, elle m'a déshabillé et mis dans son lit.

Depuis que je fais l'amour avec elle, je crois qu'elle a jamais pris son pied. À chaque fois qu'on baise, elle me regarde en coin et me dit que je suis vraiment pas doué pour le sexe. Mais c'est pas tout, quand je bricole, elle m'arrache toujours les outils des mains pour finir le boulot elle-même, elle trouve que je conduis comme une grand-mère, que j'ai des goûts de chiotte, que je transpire trop, que j'ai pas d'esprit, que j'ai trop de bide, que je gagne pas assez de fric, que je suis mou, et j'en passe. Eh ben, malgré ça, ça fait huit ans que c'est ma femme. J'ai toujours pas compris ce qu'elle me trouvait, mais bon.

L'état de grâce

Tu peux toujours le chercher, tu ne le trouveras pas. Tu peux l'attendre, l'espérer, il ne te tombera jamais dessus. Y a toujours un petit truc qui va l'empêcher, toujours un gravillon qui va faire que ça grince par-là, que ça coince par-ci. Faut toujours que la vie compense pour t'éviter de te mettre en lévitation. Des exemples, j'en ai plein.

C'est ta première nuit avec elle, tu l'attendais depuis des semaines, t'es léger comme un rêve, eh ben, c'est pile poil ce soir-là que tu vas faire une bonne crise hémorroïdaire. Tu viens de gagner aux courses, mais beaucoup, hein, suffisamment pour rabattre le caquet de ceux qui te disent depuis des années que tu te ruines avec ça, tu rentres chez toi avec une énorme liasse, un magnifique bouquet et des cadeaux pour tout le monde, ta femme t'accueille avec une gueule de six pieds de long pour t'apprendre que ton fils s'est fait virer du lycée. Tu viens de t'acheter la voiture que tu reluquais depuis des années, tu sors de chez le concessionnaire, la voiture sent encore le neuf, et voilà, un abruti te rentre dedans. Tu signes le contrat du siècle, tu veux fêter ça avec ton meilleur ami et c'est là qu'il t'annonce son cancer. L'état de grâce, ça n'existe pas, y a toujours un truc pour bien te ramener dans le réel, pour bien te plomber les chevilles.

Surprise

J'avais réglé mes affaires plus vite que prévu, alors plutôt que de me taper une nuit de plus à Chicago, j'ai changé mon billet et pris le premier avion. On a atterri vers cinq heures et demie du matin. Le temps de récupérer ma valise et de sauter dans un taxi, j'étais à la maison vers sept heures. Juste à temps pour réveiller ma femme avec tous mes cadeaux. J'ai glissé tout doucement la clé dans la serrure, j'ai tenu la porte pour pas qu'elle grince, j'ai posé tous mes paquets et j'ai traversé le couloir sur la pointe des pieds. J'ai ouvert la porte de la chambre comme l'aurait fait un cambrioleur, et là, j'ai vu un type à poil à côté de ma femme.

Je suis resté un long moment à les regarder dormir. J'ai regardé ces deux corps nus qu'un drap blanc couvrait à peine et je les ai trouvés assez beaux. Ma femme était sur le dos, les jambes un peu écartées, l'une pliée et l'autre sur les jambes du gars. Lui, il était sur le ventre avec un bras étalé sur les seins de ma femme. Il avait une belle peau et des épaules solides. Je ne sais pas pourquoi, mais je me suis dit que tout ça était tout à fait logique. Ce qui m'a rassuré, c'est que ma femme dormait avec lui dans la même position qu'avec moi. Avec un autre, c'était la même femme qu'avec moi, c'est idiot mais ça m'a fait du bien de constater ça.

Au bout d'un moment j'ai donné un violent coup de pied au lit et ils se sont réveillés. Ma femme a poussé un petit cri étouffé et le type m'a regardé comme s'il voyait la Vierge. Je l'ai attrapé, je l'ai sorti du lit, je l'ai traîné par terre comme on tire un gros sac de sable et je l'ai foutu dehors. Ensuite je suis revenu à la chambre, j'ai pris ses fringues et je les ai balancées par la fenêtre. Après ça, je me suis préparé un café que j'ai bu lentement dans le salon en fumant une cigarette. Ma femme a fini par me rejoindre en restant un peu à distance. Je n'ai pas quitté mon regard du vide. J'ai juste dit va changer les draps. Voilà, c'est tout.

Surprise 2

Ça faisait des semaines que j'attendais ça. Des semaines que je draguais cette femme avec assiduité, persévérance, tu me connais, je ne suis pas du genre à baisser les bras. Je savais qu'elle était mariée, mais je sentais bien qu'il se passait quelque chose entre nous, et plus on déjeunait ensemble, plus on se croisait dans les couloirs du bureau, plus je sentais que c'était inéluctable, évident, qu'on allait se jeter l'un contre l'autre. Alors c'est arrivé.

Cette nuit-là, elle est à graver dans le marbre. Je n'ai jamais connu une femme qui faisait l'amour aussi bien, aucune drogue ne t'emmènera où m'a emmené cette femme. On n'a pratiquement pas dormi de la nuit, on n'a fait que ça pendant des heures. Mais le réveil a été brutal, tu peux me croire.

J'étais encore dans les rêves de ma nuit quand j'ai senti un coup violent contre le lit. Et là, j'ouvre un œil et qu'est-ce que je vois ? Le mari ! Il devait rentrer le lendemain, cet abruti. Le premier truc qui m'est venu à l'esprit, c'est qu'il allait falloir que je me batte à poil. Et je t'avoue que je ne le sentais pas trop, de me battre à poil. Je me suis levé d'un bond et j'ai constaté que j'avais une tête de plus que lui. Quand j'ai vu ça, je me suis dit que j'allais pouvoir partir dignement. Le petit excité a essayé de m'en mettre une, mais je l'ai empoigné fermement d'une main et de l'autre je me suis rhabillé calmement. J'allais tout de même pas le frapper devant sa femme ! Ensuite je l'ai poussé à l'autre bout de la chambre, j'ai regardé une dernière fois cette femme et je suis sorti. Dignement.

Surprise 3

Qu'est-ce que tu voulais que je fasse, il m'avait dit qu'il rentrait le lendemain. Jamais de ma vie je n'ai éprouvé une telle honte. Je ne comprends toujours pas ce qui m'a pris de faire une chose pareille. Si tu savais comme j'ai regretté. En plus, ça ne valait même pas le coup, l'autre imbécile se croyait dans un film porno, c'était même pas agréable, amusant, mais même pas agréable. Il est parti aussi vite qu'il baise, je n'ai jamais vu un homme s'habiller aussi rapidement. Mon mari n'a pas eu un regard pour lui, pas un geste, il ne m'a simplement pas quitté des yeux, c'était insoutenable.

Tu ne peux pas imaginer ce que j'ai vu dans ses yeux. Aucun regard ne peut être chargé d'autant d'histoire, de densité, de peine et d'humanité.

J'ai revu dans son regard les neuf années que nous avions passées ensemble. J'ai revu neuf ans de ma vie et j'ai eu la sensation que ce que je venais de faire avait froissé toutes ces années et les avait jetées dans une poubelle. J'ai compris à ce moment-là combien je tenais à lui, j'ai compris que le quotidien m'avait éloignée de cette évidence. Il est resté fidèle à lui-même, silencieux. J'ai préparé du café et changé les draps. J'ai essayé d'avoir des gestes quotidiens, des gestes d'une vie normale. Ensuite je suis allée me blottir contre lui et je lui ai demandé s'il voulait que je parte. Il ne m'a pas répondu. Voilà, c'est tout.

Bande de cons

« Adrien Lipnitsky, bonsoir. Nous vous recevons ce soir pour la sortie de votre dernier roman, *Bande de cons*, publié aux éditions Du point sur les *i*. Votre livre a été traduit en trente-sept langues, il a provoqué des émeutes, des fatwas, certains pays ont tenté de le censurer… Le moins que l'on puisse dire est que votre roman n'a pas laissé indifférent. Ouvrage écrit avec une exceptionnelle rapidité, car à ma connaissance encore jamais un écrivain n'était parvenu à rédiger un roman en quelques secondes. Roman atypique donc, puisque votre livre commence et s'achève par une phrase unique que je vais me permettre de lire : "Vous me faites chier, vous êtes tous une bande de cons." Alors ma première question s'impose donc, pourquoi un roman en une phrase ?

— Mais parce que dans cette phrase tout est dit.

— Vous signifiez par là que vous avez souhaité écrire un roman à la fois intemporel et universel ?

— Tout à fait. Voilà, c'est ça, ce roman met en lumière ce que l'homme se dit depuis homo sapiens jusqu'à notre ère, de Buenos Aires à Vancouver, de Tunis à Yaoundé, de Brest à Tokyo... J'ai écrit un roman qui dépasse tous les clivages sociaux, culturels, religieux...

— Oui, un roman ontologique en somme.

— C'est cela, un roman qui concentre en une courte phrase ce que l'homme renferme au plus profond de lui et qu'il n'avait pas encore osé se formuler.

— Tout de même, vous n'y allez pas de main morte, vous révélez à l'humanité tout entière une facette peu glorieuse d'elle-même.

— Oui, mais c'est là l'objet de la littérature, dire la vérité humaine, aussi dure soit-elle.

— Alors j'ai appris que votre prochain roman est déjà écrit. On raconte que vous allez encore plus loin. Pouvez-vous nous en dire quelques mots ?

— Effectivement, j'ai encore poussé les limites du supportable car je pense que l'humanité est prête à entendre la vérité la plus ultime.

— Vous en avez déjà le titre, je crois ?

— Oui, je l'ai intitulé tout simplement *Merde*.
— Joli titre, et je crois que vous avez aussi dépassé les limites de la prouesse littéraire, puisque ce roman ne contient qu'un seul mot. Pour la plus grande joie de nos téléspectateurs, vous avez accepté de nous en lire un extrait. En exclusivité mondiale donc, un extrait du prochain roman d'Adrien Lipnitzky, *Merde*.
— "Merde"...
— Magnifique ! Merci beaucoup, Adrien Lipnitzky, j'ai été très heureux de vous recevoir sur ce plateau. Quant à nous, nous nous retrouvons la semaine prochaine, même jour, même heure. Bonsoir. »

16 224 minutes

Trois fois par semaine je vais prendre ma femme dans le centre-ville en rentrant du boulot. Elle sort plus tôt que moi et elle en profite toujours pour voir ses copines ou faire des courses. Ma femme n'est jamais arrivée une seule fois à l'heure à ces rendez-vous. À chaque fois, elle me fait poireauter entre dix et quinze minutes. J'ai fait le calcul, depuis que nous sommes ensemble, j'ai attendu ma femme 16 224 minutes. Un soir je suis arrivé au rendez-vous pile à l'heure, comme à mon habitude, et comme c'était à prévoir, elle n'était pas là. Alors je suis parti. Je suis rentré onze jours, six heures et vingt-quatre minutes plus tard. On est quittes.

Croire

Pour te donner une idée de ce que croire veut dire pour moi, il faut que je t'explique ce que c'est que les courses. Je ne te parle pas du jeu, je te parle des courses. Tu ne peux pas savoir ce que c'est que d'avoir misé sur un tocard, de t'être tu devant ceux qui ricanaient devant toi, de ne pas avoir bronché devant les haussements d'épaules et les regards moqueurs. Étudier le programme, éplucher *Paris-Turf*, te concentrer sur ce que tu fais, chercher dans ta mémoire ce que tu sais du cheval, peser le pour, le contre, estimer tes chances selon l'état du turf, la distance, le poids du jockey, selon qu'il est déferré des antérieurs ou des postérieurs ou des quatre, tout décortiquer. Et attendre la dernière minute pour aller au guichet, déposer ton billet, dire le 15, gagnant, et ranger soigneusement ton ticket dans la poche intérieure de ta veste. Ensuite, vient ce court moment qui précède la course, ce moment où tu rejoins les tribunes, où tout est joué, où tu ne peux plus revenir en arrière, ce moment où tu t'en remets à la chance, à ta foi, à ce qui t'échappe.

Voilà, c'est parti, t'es complètement en dehors du monde, les chevaux sont lancés. Pour l'instant tu ne vois rien, tes yeux ont fixé un mégot et tu écoutes les commentaires du speaker. Le 7, le 11 et le 3 sont en tête, c'est normal. Ton cheval est en queue de peloton, il n'y a pas encore lieu de s'inquiéter, il vaut mieux ça, la course est longue, c'est difficile de tenir devant toute une course. *Oyanax prend l'avantage à la corde, suivi de près par Oh les beaux jours qui devance Olga Blues, en quatrième position Orsay du Plessis semble en difficulté tandis qu'Orange amère remonte sur l'extérieur…* Ça y est, tu commences à les apercevoir, au loin, juste avant le tournant, tu ne vois pas grand-chose, tu ne vois pas encore ton cheval, tu le cherches, tu plisses les yeux et tu ajustes tes jumelles, il est là, tu le vois, et ce que tu vois t'empoigne le cœur. Il est loin, putain, il est très loin ! Un, deux, trois, quatre, cinq, six, sept, huit ! Il est en neuvième position ! Tu viens de perdre cinquante euros. Tu préfères même plus regarder, tu ne veux pas voir ça, alors tu tournes les talons et te diriges vers les écrans qui annoncent la course suivante, tu vas te refaire.

Tu connais ça par cœur, tu ne vas pas te laisser abattre par une course, ce n'est pas grave, il te reste vingt euros, si tu les joues placés tu peux te refaire et rentrer chez toi sans rien avoir perdu ! Et là, tout d'un coup, tu t'arrêtes. *Le 15, Ouragan, dépasse Ovalie, il sort du tournant et met la pression à Ortense Vega qui semble en difficulté. Ouragan dépasse Ortense Vega à la sortie du tournant. Il est maintenant à la lutte avec Orasky tandis qu'Olga Blues passe en tête. Ouragan remonte toujours à l'extérieur...* Mais non, tu ne rêves pas, c'est le tien, c'est bien le tien qui remonte tout le monde, tu n'en reviens pas, c'est si beau que tu commences à y croire, ton cheval est magnifique, il est en train de remonter un peloton, un peloton entier.

Alors, tu te dresses, t'es sur la pointe des pieds, toi aussi tu te mets à crier, à encourager ton cheval, tu te mets à hurler. *Ouragan remonte toujours de façon spectaculaire, il prend l'avantage sur Oyanax qui montre des signes de lassitude, Ouragan fait le forcing à Orange amère, Ouragan est sur le point de prendre la deuxième place, Ouaragan poursuit son effort, il est à une tête d'Olga Blues, Ouragan vient arracher la première place, Ouragan dépasse Olga Blues à une foulée du poteau et finit la course en première position suivi d'Olga Blues, et d'Orange amère en troisième position...*

Et là, là je t'assure, tu as une énorme bouffée de bonheur. Tu as la sensation de gonfler, d'avoir trop d'oxygène dans le sang. Ce que tu viens de vivre est d'une puissance que tu ne soupçonnes pas. Puis, pendant quelques secondes, pendant quelques minutes, tu es pris d'une quiétude que tu n'avais jamais vécue. C'est comme si tu venais de démontrer au monde entier qu'il avait tort. Ton cheval, ton cheval en qui personne ne croyait, ton cheval qui était à trente-sept contre un, ton cheval qui n'avait aucune chance, mais vraiment aucune, vient de t'apprendre ce que croire voulait dire. Croire, tu vois, ce n'est rien d'autre que ça. C'est avoir tout contre toi et miser quand même. C'est oser tordre le destin.

Conne

Je ne vois pas ce qu'il y a de plus déprimant que de se dire qu'on a aimé une conne. Pas une idiote, hein, une conne. Une qui a une petite âme. Une s'la pête qui prend son joli minois pour la Joconde. Une qui prend de haut, tellement elle se sent basse d'avoir merdouillé et de s'être pris les pieds dans les tapis pour expliquer qu'elle ne t'aime plus et qu'elle a besoin de changer d'air.

À ça, il faut ajouter tous les amis qui croient vous soulager en vous serinant qu'elle ne vous arrivait pas à la cheville, qu'elle ne vous méritait pas et tout et tout… J'ai aimé une conne, bon ben voilà, ce sont des choses qui arrivent. Non seulement elle était près du sol mais en plus une vraie peste, et prétentieuse avec ça, on ne va pas me le redire cinq cents fois, je le sais mieux que quiconque, c'est pas la peine de me le rappeler, je sais de quoi je parle, j'en ai soupé, de sa connerie. Eh ben malgré ça, je crois que si c'était à refaire, je remettrais ça sans me poser de questions. C'est dire à quel point je suis con.

Loin

J'aimerais vivre sur une île. J'aimerais travailler comme cuistot sur un cargo. J'aimerais manger autour du feu avec des Papous d'Irian Jaya. J'aimerais traverser le Pacifique en solitaire comme Moitessier. J'aimerais manger du phoque. J'aimerais chercher de l'or avec des *garimpeiros*. J'aimerais passer mes nuits à jouer dans des salles de jeu de Macao. J'aimerais avoir été le premier Occidental à découvrir Pétra. J'aimerais poser pour Lucian Freud. J'aimerais savoir dire tu me casses les couilles en yanomamis. J'aimerais me retrouver dans un sauna avec une belle Suédoise et lui courir après à poil dans la neige. J'aimerais chasser le grizzli. J'aimerais tenir un *chiringuito* sur une plage vénézuélienne. J'aimerais assister à la sortie du bois sacré des enfants de Casamance. J'aimerais jouer de la guitare avec Buddy Guy. J'aimerais me retrouver au milieu de gorilles des montagnes avec un dos d'argent juste à côté de moi. J'aimerais boire du thé avec des Touaregs. J'aimerais voir Lo Manthang. J'aimerais passer trois jours et trois nuits avec une Japonaise de Kyoto sans quitter la chambre. J'aimerais savoir danser le flamenco comme Israel Galván. Bon je sais, c'est un peu confus, je ne sais pas trop ce que je veux mais ce qui est sûr, c'est que j'aimerais être loin de moi.

Dix-huit ans

Tu n'as que dix-huit ans et je comprends que tu te lances vers cette fille comme on se jette sur un trapèze. Aujourd'hui, tes poumons sont une ruche et tu es aussi vif que la joie, mais comprends-moi bien, la séduction est plus réfléchie que spontanée. Ta mère, je suis allé la chercher. Je veux dire par là que j'ai mesuré mon approche, je l'ai longuement observée, longuement écoutée avant de parcourir le chemin qui me séparait d'elle. J'ai lentement déshabillé son apparence pour savoir qui elle était. Je n'ai pas traversé de déserts, ni de montagnes, ni de plaines, je n'ai pas enfilé d'interminables autoroutes, je n'ai pas ramé sur des lacs plus grands que des mers, je n'ai rien gravi ni creusé pour entrevoir avec elle un avenir dégagé, j'ai simplement contenu mes peurs, mes schémas, mes idées reçues, mes projections, je l'ai laissée se dévoiler telle qu'elle est et non pas telle que j'aurais souhaité qu'elle soit. J'ai tenté d'être face à elle un homme fort conscient de ses faiblesses, un homme vêtu qui ne craint pas sa nudité, un homme droit qui connaît ses courbes et ses fractures. Tout ce chemin que j'ai fait pour la rencontrer m'a permis de me parcourir moi-même, c'est long de se parcourir. Prends ton temps petit bonhomme, ne te précipite pas sur le bonheur, laisse-lui du champ, donne-lui le temps de t'approcher, contiens-toi, sois là, sois juste là. Offre à cette fille le temps de te rejoindre.

Truite

J'ai des idées fixes. Des idées comme des mouches qui se posent sur mon cerveau ou me tournent dans la tête sans jamais me laisser en paix. Faut toujours que j'en aie une qui vienne m'asticoter. Tu ne peux pas savoir ce que ça peut être énervant d'avoir toujours une idée qui te vole autour. Je ne suis jamais tranquille, jamais apaisé. Là, depuis une semaine, c'est une truite. Je sais qu'elle est là, dans ce trou. Il n'y a que moi qui viens pêcher ici et je l'ai vue, de mes yeux, je te dis. Elle est comme mon avant-bras, une truite comme tu n'en vois qu'en Alaska, presque un saumon. Tous les soirs j'y suis et tous les soirs je rentre sans rien. Elle me nargue, c'est évident, elle se fout de moi. J'ai quarante ans de pêche derrière moi, je n'ai jamais connu ça. Je vis un enfer, je n'en dors plus, je ne pense qu'à elle, tout le temps. Il me la faut, tu comprends, il me la faut.

Pouvoir

Je le rappelle uniquement parce qu'il a une grosse queue. Et lui, il rapplique à chaque fois. Il s'imagine que je suis amoureuse de lui, mais je le laisse croire. Je sais très bien comment il fonctionne, ce type, je sais très bien ce qu'il pense quand il est sur moi et qu'il me culbute brutalement. Je sais qu'il adore ça, qu'il est convaincu d'être viril et qu'ensuite il ira pavaner devant ses potes en disant qu'il baise à couilles rabattues. Je sais très bien que ça lui suffit pour se croire un homme, mais moi, tout ce que je veux, c'est de le sentir en moi et être sa chose. J'aime qu'il me prenne par les cheveux, qu'il me tienne les bras, qu'il m'abaisse, qu'il me traite comme une traînée. Je sais ce que ça provoque en lui. Ça peut te paraître paradoxal, mais ça me donne la sensation d'avoir du pouvoir sur lui.

Quatorze fois

Tu me fais un petit bisou ? On va se prendre un petit café ? Je fume une petite clope et on y va. Si on se faisait un petit ciné ce soir ? Ou alors on reste tranquilles avec un bon petit bouquin. Devant un petit feu... Tu sais ce qui me ferait plaisir, pour les vacances ? C'est un petit voyage en Italie. T'as vu mon petit haut ? Je vais te faire une petite pipe. T'as un petit air bizarre...

En dix minutes, elle a trouvé le moyen de dire *petit* au moins quatorze fois. Quelque chose me dit que je ne vais rien vivre de grand avec cette fille.

Mezzanine

Je sais qu'elle me regarde. Elle est là, dans la mezzanine et je sais qu'elle m'observe travailler en bas. Elle fait souvent ça et je crois qu'elle s'est rendu compte que je le savais. Ce qui est sûr, c'est que depuis huit ans que nous habitons cette maison, ni elle ni moi ne l'avons jamais évoqué. Moi, je fais toujours comme si je ne la voyais pas. Je ne sais pas très bien pourquoi elle fait ça, mais ça m'amuse. J'aime bien ce petit jeu.

Le manque

Ma femme travaille trois jours par semaine dans une autre ville que la nôtre. À chaque fois qu'elle part je ressens un moment d'excitation. Je sais que ma soirée sera à mon rythme et je me réjouis d'avoir la maison pour moi tout seul, comme un gamin entre dans une aire de jeux. Je me cuisine ce qu'elle déteste, je bois une bouteille entière, je monte le son de la chaîne stéréo, mais au bout du deuxième jour j'éprouve toujours la même lassitude. Et la veille de son retour, à chaque fois, le silence de la maison me semble particulier, comme magnétique. L'envie d'être avec elle est telle que j'ai besoin de passer ma dernière soirée dans le noir et le silence. J'ai besoin d'éprouver le manque jusqu'au bout.

Bande enregistreuse

J'ai eu envie de faire défiler ma vie à l'envers, comme on remonte une bande enregistreuse pour en réécouter des moments particuliers ou pour tout effacer.

J'ai eu envie d'effacer ma vie et de ne laisser derrière moi qu'un blanc aéré. M'alléger de tout ce qui me justifie et de tout ce que je tente en vain d'expliquer.

J'ai eu envie de continuer comme si personne n'avait rien entendu de tout ce que j'ai pu dire jusqu'à ce jour. Et aussi, que l'on ne me regarde plus avec cette idée que l'on a de moi. Cette idée qui me pollue et qui fait de moi un être attachant ou repoussant. Cette idée dont je suis responsable mais qui n'a jamais dépendu de ma volonté.

J'ai eu envie de javelliser les vingt dernières années de ma vie, de tout aseptiser.

J'ai eu envie de remonter tout ce temps dont je n'ai pas fait grand-chose, d'appuyer sur « play » et de n'entendre que du silence.

Table

Qui mène la danse	11
Perdu	13
Slip	14
Cheyenne	15
Ses ex	17
Bloquée	19
La splendeur de l'ennui	21
Humiliant	23
Gaëlle	25
Aux vivants le droit de vivre	26
J'aime pas	28
Grimper	29
Seul	31
L'escargot	33
La fermer	36
Recommandé	38
Sportif	39
Drôle	41
Voisine	46

Insomnies	48
Douleur	50
Baiser	52
Je n'en ai jamais parlé à personne	54
Ramona	56
Pas mon jour	58
150 grammes	60
Tous ses livres	62
Bruits	64
Passé inachevé	66
Sois pas gentil	68
Plus d'histoires	70
Vingt	71
Petite fille	73
La patience des buffles sous la pluie	74
Les maigres	77
Envie	81
Je ne sais pas pourquoi	85
Passé	87
Mots doux	90
Terre de Feu	93
Dernier mail	95
Arnaque	102
Infirmeries	104
Seule	106
Le type de mes rêves	108
Zigouillé tout le monde	110

Table

Toutes	112
Gamberge	114
Sudoku	116
Vieux	117
Si elle pouvait	119
Projection	120
Ce qu'elle me trouve	121
L'état de grâce	123
Surprise	125
Surprise 2	127
Surprise 3	129
Bande de cons	131
16 224 minutes	134
Croire	135
Conne	139
Loin	141
Dix-huit ans	143
Truite	145
Pouvoir	146
Quatorze fois	147
Mezzanine	148
Le manque	149
Bande enregistreuse	150

Du même auteur :

Tais-toi et parle-moi (théâtre), L'Œil du Prince, Paris, 2008.

Un silence de clairière, Albin Michel, Paris, 2011.

Je n'ai pas fini de regarder le monde, Albin Michel, 2012.

On ne va pas se raconter d'histoires, Stock, 2014.

Hortensias, Stock, 2015

Le Livre de Poche s'engage pour l'environnement en réduisant l'empreinte carbone de ses livres. Celle de cet exemplaire est de : 300 g éq. CO₂
Rendez-vous sur www.livredepoche-durable.fr

PAPIER À BASE DE FIBRES CERTIFIÉES

Composition réalisée par Belle Page

Imprimé en France par CPI
en avril 2017
N° d'impression : 2028880
Dépôt légal 1re publication : juin 2011
Édition 04 - avril 2017
LIBRAIRIE GÉNÉRALE FRANÇAISE
21, rue du Montparnasse - 75298 Paris Cedex 06